나태주의 시 이야기

# 꿈꾸는 시인

나태주의 시 이야기

# 꿈꾸는 시인

초판 1쇄 발행  2015년 3월 16일
초판 4쇄 발행  2017년 12월 19일

지은이    나태주

펴낸이    김선기
펴낸곳    (주)푸른길
출판등록   1996년 4월 12일 제16-1292호
주소     (08377) 서울시 구로구 디지털로 33길 48 대륭포스트타워 7차 1008호
전화     02-523-2907, 6942-9570~2
팩스     02-523-2951
이메일    purungilbook@naver.com
홈페이지   www.purungil.co.kr

ISBN    978-89-6291-275-3  03810

나태주의 시 이야기

# 꿈꾸는 시인

시를 선망하고 세상을 사랑하는
젊은 독자들에게 들려주는 시의 세계

나태주 지음

푸른길

# 버킷 리스트 가운데 하나

살아서, 이승에서, 눈과 귀가 아직은 밝고, 다리가 떨리지 않아 걸어 다닐 수 있고, 머리 또한 아주는 녹슬지 않아 생각할 수 있고, 가슴 또한 굳지 않아 설렘이 멎지 않았을 때, 펜을 잡은 손이 떨리지 않을 때, 끝내 지상에서 내가 해 보고 싶은 일들이 버킷 리스트이다.

가슴에 숨긴 항목들이 아직은 많다. 시에 대한 나의 생각과 주장을 숨김없이 편한 어투로 써 보리라. 오래전부터의 소망이었다. 그것도 시를 선망하고 세상을 사랑하는 어리고도 순한 가슴을 지닌 젊은 독자를 대상으로 써 보고 싶었다. 어쩜 그것은 그들에게 보내는 비밀한 나의 전언傳言이며 마음의 꽃다발 같은 것인지도 모른다.

지난 해, 나는 굉장히 많은 문학 강연을 다녔다. 외부 강연이 102번이나 되는데 일터인 공주문화원에서 한 것까지 친다면 150회는 족히 넘을 것이다. 그러면서 보고 듣고 느낀 점이 많고 내가 잘못 말한 점들도 많다. 그런 모든 상황의 말들을 다시금 떠올리며 헤아리며 이 책을 썼다.

일단 책의 체제와 항목들을 정하고 순간순간 떠오르는 대로 메모를 한 다음, 그것들을 바탕 삼아 컴퓨터에 직접 써 넣었다. 설익은 이야기, 오류, 편파적인 주장이 보인다 해도 어쩔 수 없다. 이게 나의 전부이고 나의 한계다.

책을 쓰는 내내 곁에 예슬이가 지켜보고 있다는 느낌을 불러일으키며 썼다. 이 책은 또 가상의 아름다운 독자 슬이에게 주는 나의 마음의 선물이기도 하다. 슬아. 2015년 신년 들어 일주일 조금 넘는 기간 너를 옆에 두고 이 책을 쓰는 동안 많이 행복했단다. 슬아. 고맙구나.

2015년 신춘의 하루

나태주 씀

# 차례

제2부

# 시 쓸 때에

제3부

# 시 쓴 뒤에

덧붙여서

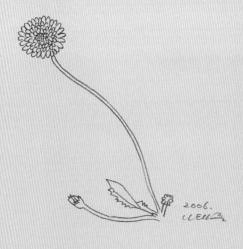

2006.

# 시 쓰기 전에

# 슬이에게

사람에게는 누구에게나 입과 귀가 있다. 입은 말하는 데 쓰이고 귀는 듣는 데 쓰인다. 나의 입이 말을 하면 다른 사람의 귀가 그 말을 알아듣고 다시 나에게 말을 해 온다. 거기서 의사소통의 길이 열리고 대화가 이루어진다. 그렇게 우리의 입과 귀는 다른 사람을 위해서 더 많이 존재하게 마련이다.

예슬아. 너는 내가 숨겨 놓은 아이. 세상 어디에도 있고 세상 어디에도 없는 아이. 어쩌면 내 마음속 분홍 빛깔의 감정 덩어리인지도 모르고 설렘 그 자체인지도 모른다. 그러나 너는 내 옆에서 오래도록 예쁜 아이로 살아왔다. 오래도록 지지 않는 꽃과 같았고 목쉬지 않고 지절거리는 새와 같았다. 그것을 나는 고마워하고 감사한다.

예슬아. 너는 사람의 말을 잘 알아듣는 귀를 가졌다. 다른 사람의 말이 아니다. 오직 내가 하는 말이다. 너는 때로 내가 하지 않는 말까지 알아듣는다. 이랬으면 좋겠다 싶은데 벌써 너는 그 일을 실행에 옮길 때가 있다. 놀라운 일이다. 어쩌면 너에겐 나의 생각과 느낌을 훔쳐 볼 줄 아는 비밀한 능력이 있는지도 모른다. 세상에 와서 나는 너처럼 그렇게 내 말을 잘 알아듣는 귀를 가진 사람을 만나지 못했다.

예슬아. 이제부터 너의 귀를 위하여 내가 이야기하려고 한다. 시에 관한 이야기다. 사람들은 시가 어렵다고 말하고 까다로운 글이라고 입을 모은다. 그런 시에 대해서 나는 될수록 알아듣기 쉽도록 이야기하고 싶다. 너 또한 마음의 문을 열고 찬찬히 곱게만 들어 준다면 충분히 쉽게 알아들을 수 있는 이야기일 것이다.

예슬아. 부디 나의 귀가 되어 다오. 귀 가운데서도 부드럽고 순하고 좋은 귀가 되어 다오. 입만 있고 귀가 없을 때 세상은 외롭고 귀만 있고 입이 없을 때 세상은 적막하다. 서로가 좋은 입과 귀가 된다는 것은 참으로 좋은 일이다. 축복이기도 하다. 자, 그럼 우리들의 이야기를 시작해 보자. 부디 잘 들어 다오.

# 꽃그늘

나태주

아이한테 물었다

이담에 나 죽으면
찾아와 울어줄 거지?

대답 대신 아이는
눈물 고인 두 눈을 보여주었다.

# 지음知音

젊은 시절부터 나는 좋은 입과 귀가 그리웠다. 누군가로부터 좋은 말을 계속 듣고 싶었고 때로는 위로를 받고 싶었으며 축복의 말도 듣고 싶었다. 그런가 하면 그에게 내 마음속 시냇물 소리를 들려주고 싶었다. 그러나 그러한 좋은 입과 귀는 쉽사리 허락되지 않았다. 이적지 좋은 귀와 입이 있었다면 그는 오직 한 사람, 이성선이란 사람이다.

이성선 시인은 강원도 속초에서 살던 시인이다. 평생을 동해 바다와 설악산만을 종교처럼 바라보며 살았던 사람이다. 또 하늘을 우러러 달과 별을 눈물 어린 눈으로 바라보던 사람이다. 그와 함께라면 어떤 이야기도 통했다. 세상의 어떠한 이야기도 가능했다. 그의 귀는 나의 말을 순하게 받아들였고 나의 귀는 또한 그의 말을 굴절 없이 받아들일 수 있었다. 그의 입과 더불어 나의 귀는 편안했고 나의 입과 함께 그의 귀는 아름다웠다. 비밀이 없었다.

옛날, 중국 사람들 이야기 가운데 백아伯牙와 종자기鍾子期의 아름다운 이야기가 나온다. 백아는 거문고의 명수였고 종자기는 그 소리를 제대로 들어 주는 친구였다. 그런데 종자기가 먼저 세상을 떠나자 백아는 자신의 거문고 줄을 끊고 다시는 거문고 연주를 하지 않았다고 한다. 여기서 지음知音이란 말이 나오고 절현絶絃이란 말이 나왔다고 한다.

지음이란 말의 본래 뜻은 소리를 알아준다는 뜻인데 내 마음을 알아준다는 뜻으로도 사용되어 마음의 친구, 좋은 벗 정도의 의미로 사용되고 있다. 그리고 절현이란 거문고 줄을 끊는다는 뜻인데 백아가 그랬듯이 절친한 친구의 죽음을 슬퍼하는 말로도 쓰이고 남자가 사랑하는 부인을 잃었을 때에도 사용되는 말이다.

이성선. 그는 하늘의 별과 같이 맑은 눈과 땅 위의 풀잎처럼 순결한 가슴을 지닌 사람이었다. 언제나 하늘의 별과 달을 노래했고 바람을 노래했고 또 그들과 동무하기를 좋아했다. 노을을 보면 울먹였고 바람을 따라 멀리 떠나고 싶어 했고 구름을 보면 스스로 구름이 되고 싶어 했던 사람이었다. 땅을 딛고 사는 사람이지만 이미 이 땅의 사람이 아닌 것 같은 사람이었다. 나 또한 그의 옆에서 많은 것을 익혔고 조금씩 그를 닮아가기도 했다.

그러나 그는 벌써 10여 년 전2001년에 세상을 떠나고 지금은 이 땅 위에서 만날 수 없는 사람이 되었다. 그러므로 나의 귀는 오래도록 적막하고 나의 입은 오래도록 외로운 입이 되었다. 언제쯤 그를 다시 만나 시에 대한 이야기를 나눌 수 있을까? 이루어질 수 없는 일을 앞에 두고 안타까워하며 시인이 남긴 시 한 편을 읽어 보기도 한다.

뒤에 적는 시는 시인이 생전에 낸 시집 어디에도 들어 있지 않은 작품이다. 그렇다고 두 차례에 걸쳐 출간한 시인의 시 전집에도 들어 있지 않은 작품이다. 귀한 기념품이라 그럴까. 겨울이 지나자 북쪽으로 떠나는 새들의 일가족을 두고 그들과의 작별을 아쉬워하는 시인의 여린 마음이 잘 드러나 있다. 떠나는 새들을 "짐을 싸고" "이사" 가는 걸로 본다든지 "엄마는 앞에 아빠는 뒤에 / 새끼는 가운데"에 있다고 표현한 것은 매우 의초로워 가난하되 단란한 인간의 한 가정을 문득 떠올린다.

아무래도 이 작품에서 가장 아름다운 부분은 마지막 연이다. 추운 하늘에 뜬 새들을 "하늘에 뿌려진 악보들"이라고 보았다. 얼마나 귀여운 상상인가. 이러한 새들, 즉 하늘의 악보들을 위해 "저녁놀이 그 앞에 길을 쓸어 준다"고 또 썼다. 그대로 눈에 보이는 그림이다. 언어로 그린 또 하나의 그림. 와르르 성스러운 생각마저 든다.

# 이사

이성선

겨울이 지나자 새들은 짐을 싸고
다시 하늘로 떴다
사람 없는 쪽으로 더 추운 쪽으로

엄마는 앞에 아빠는 뒤에
새끼는 가운데

하늘에 뿌려진 악보들
저녁놀이 그 앞에 길을 쓸어준다

# 문학 강연

요즘 몇 해째 나에게 문학 강연 요청이 많이 들어오고 있다. 한 3년째 그런다. 재작년엔 60회 정도였는데 작년에는 80여 회, 올해는 100회를 넘기고 있다. 나 자신도 놀라는 일이다.

문학 강연을 두고 나는 아무것도 따지지 않는다. 대상을 묻지 않고 주제를 묻지 않고 거리를 묻지 않고 강연료를 묻지 않는다. 그런 문학 강연을 나는 '묻지 마 문학 강연'이라고 말을 하기도 한다. 그래서 강연의 횟수가 늘지 않았나 싶기도 하다.

지역이 한정된 것도 아니다. 전국 곳곳을 돌아다닌다. 주로 학교에서 부른다. 아이들이 나같이 나이 든 사람을 보자는데 안 간다고 말할 수 없어 고달파도 가는 길이다. 자가용이 없으므로 주로 직행버스나 기차를 이용하고 택시도 탄다. 스스로 이름이 '나(좀) 태(워) 주(세요)'라서 남의 차를 타고 잘도 다닌다고 너스레를 떨기도 한다.

학교에 찾아갔을 때 아이들이 미리 알아보고 박수하거나 큰소리로 환영해 주면 내 자신 흥분이 되고 지레 감동을 받는다. 어떤 학교 아이들은 나의 시를 소재로 작은 영화를 만들어 보여 주기도 하고 전교생이 입을 모아 나의 시를 낭송해 주기도 한다. 그렇게 되면 문학 강연은 마치 물 위를 떠가는 조각배처럼 출렁출렁 감동의 상승작용을 일으킨다. 오히려 이쪽에서 은혜를 받는 느낌이 들기도 한다. 참으로 고맙고 감사한 노릇이다.

문학 강연을 마치고 사인을 해 줄 때 아이들은 가슴이 떨린다고 말하고 가슴이 벅차오른다고 말하고 가슴이 두근거린다고 말을 하기도 한다. 주로 「풀꽃」 시를 써 주고 살짝 그림 하나 그려 줄 때 그런다. 심지어는 입고 있는 티셔츠에 사인을 해 달라고 졸라 대는 아이들도 있다.

이렇게 문학 강연을 하고 사인을 해 주면서 나는 생각해 본다. 왜 사람들은 「풀꽃」이란 시에 그토록 주목하고 열광하고 매달리는 것인가? 어떤 아이들은 자기 엄마나 아버지, 형제의 이름을 대면서 그 이름

을 넣어 사인해 달라고 부탁하기도 한다. 그럴 때면 내가 꼭 가훈을 써 주는 서당의 훈장 같기도 하고 부적을 써 주는 점쟁이나 무당이 아닌가 싶은 생각이 들기도 한다.

자세히 보아야 예쁘다
오래 보아야 사랑스럽다
너도 그렇다.

겨우 세 줄의 짧은 문장이다. 이 시 안에 무엇이 들어 있단 말인가. 사람들, 어린 사람이나 나이 든 사람이나 이 시를 통해 자기가 지지받는 사람이기를, 또 응원받고 사랑받는 사람이기를 원하고 있다. 특히 마지막 문장 "너도 그렇다"에서 가장 강한 마음의 울림임팩트(impact), 충격, 감동이 온다고 사람들은 이구동성으로 말을 한다. 그리하여 사람들은 이 시를 읽고 난 다음 그 아래에 다시금 한 편의 시를 쓰고 싶어 한다. 자기 자신을 위한 시이다.

자세히 보아야 예쁘다
오래 보아야 사랑스럽다
'나도' 그렇다.

그러나 이런 마음이 지나쳐서 다음과 같이 고쳐서 다시 쓴다면 그 시는 아무 쓸모가 없는 쓰레기 같은 문장이 되고 말 것이다. 어쩌면 지금껏 우리는 이런 닫힌 마음으로 살아오지 않았나 싶다. 그러나 사람들은 이제는 이런 마음보다는 열린 마음으로 살고 싶은 열망이 있어 이 시를 그렇게 좋아하지 않나 싶다. 어쨌든 글자 한두 자의 힘이 이렇게 무서운 것이란 생각을 다시 해 본다.

자세히 보아야 예쁘다
오래 보아야 사랑스럽다
'나만' 그렇다.

# 시

나태주

마당을 쓸었습니다
지구 한 모퉁이가 깨끗해졌습니다

꽃 한 송이 피었습니다
지구 한 모퉁이가 아름다워졌습니다

마음속에 시 하나 싹텄습니다
지구 한 모퉁이가 밝아졌습니다

나는 지금 당신을 사랑합니다
지구 한 모퉁이가 더욱 깨끗해지고
아름다워졌습니다.

# 시의 시대는 끝났는가

　한동안 시의 시대는 끝이 났다고 말을 하는 사람들이 있었다. 과연 그럴까? 문학 강연을 다니면서 느낀 내 생각으로는 '절대로 아니올시다'이다. 의외로 사람들은 시를 좋아하고 있고 시를 원하고 있다. 좋은 시에 목말라 하고 있다.

　어떠한 시인가? 아름다운 언어로 이룩된 시이다. 진정성이 담긴 시이다. 비단으로 지어진 예쁜 옷과 같은 시이다. 내 마음이 저 마음이야, 내 마음을 대신해서 표현했네, 그런 느낌이 드는 시이다. 나아가 감동과 치유와 축복이 담긴 시이다. 그런 시라면 얼마든지 좋다는 것이 오늘날 독자들의 생각이고 입장이다. 그렇게 사람들은 시를 두고 행복을 꿈꾸고 있는 것이다.

　의외로 오늘날 사람들은 많은 것들에 시달리며 살고 있다. 열등의식, 박탈감, 상실감, 소외감 같은 것들이다. 그리하여 사람들은 자신이 결코 행복하지 않다고 생각하고 있다. 상호비교에서 오는 마음의 빈곤에 따른 결과들이다. 요는 감정이 문제다. OECD 국가 가운데 우리나라 학생들의 행복지수가 최하위급이라면 그것은 매우 충격적인 문제다.

더 나아가 요즘 사람들은 너 나 할 것 없이 조금씩 화가 나 있는 상태를 살고 있다. 겉으로 기가 죽어 있고 안으로 울분에 차 있다. 한결같이 사람들은 자기가 예쁘지 않다고 생각하고 있고 사랑받지 못하고 있다고 단정하고 있다. 결국은 이것이 문제다. 이것을 어떻게 풀어야 하고 이런 사람들을 어떻게 도와주어야 하나!

어떻게 하든지 이러한 감정을 다스리고 누그러뜨리고 다른 감정으로 바꾸어 놓아야 한다. 마음속 긴장을 풀도록 도와야 한다. 한 사람 한 사람 자신이 이미 행복한 사람이라는 것을 각성시켜 줄 필요가 있다. 이때에 시만 한 도구는 없고 시를 읽는 것보다 가까운 지름길은 없다. 시는 많은 사람들 마음을 쓰다듬어 주고 위로해 주고 앞으로의 길을 열어 주는 좋은 이웃이 될 것이다. 그러므로 시의 시대는 이미 끝난 것이 아니라 지금부터 새롭게 시작인 것이다.

# 행복

나태주


저녁 때
돌아갈 집이 있다는 것


힘들 때
마음속으로 생각할 사람 있다는 것


외로울 때
혼자서 부를 노래 있다는 것.

# 시의 원본

　가끔 문학 강연을 다니며 학생들에게 시에 대한 질문을 해 본다. 시가 어떤 글이며 시를 어떻게 생각하느냐고. 흔히 그들은 대답해 온다. 시는 멀리 느껴지는 글이고 우리가 살아가는 데 별로 필요성이 느껴지지 않는 글이라고. 또 이유 없이 까다로운 글이라고. 이런 말을 들을 때마다 시를 쓰는 사람으로서 가슴이 철컹 내려앉는 느낌을 받곤 한다.

　이 모두가 오늘날 시인들이 시다운 시를 써 내지 못해서 그런 것이다. 시인들 자기들끼리만 아는 소리를 가지고 시를 써서 그렇다. 감동받지 못하는 시를 써서 그렇다. 독자들의 지지를 받지 못하는 것은 고사하고 자신들조차 아리송한 글을 써서 그렇다. 어쩌면 이것은 그동안 학교에서의 시문학 교육이 잘못되어서 그럴지도 모른다.

　내친걸음, 학생들에게 다시 한 번 질문을 던져 본다. 시는 어떤 특성을 지닌 글인가? 의외로 이 부분에 대해서는 쉽게 합의를 해 준다. 첫째로 시는 짧다는 것. 이것은 시의 형식에 관한 것이다. 시가 짧은 형식을 가져야 한다는 건 백번 옳은 말이다. 시에 대한 기본으로서 시를 길게만 쓰려고 하는 시인들에게 들려줄 말이기도 하다. 둘째로 시는 까다로운 글이라는 것. 이것은 시의 내용에 관한 것인데 시가 어려워 쉽게 접근이 되지 않고 이해가 가지 않는다는 말이다. 시인들이 매우 심각하게 받아들여야 할 문제가 아닌가 싶다. 오늘날 시의 독자를 잃어버린 까닭이 바로 여기에 있음이다. 셋째로는 시 안에 무언가 들어 있기는 있는 것 같다는 것. 이것은 시가 가진 신비성 내지는 울림에 관한 것인데 아직도 독자들이 시에 대한 기대를 완전히는 놓지 않았다는 증거이기도 하다.

이런 이야기를 바탕에 깔고 생각해 볼 때, 오늘날 세상에서 행세하는 대부분의 시들은 시의 원본이 아니라는 생각이다. 원본의 복사본이거나 복사본의 복사본이 판을 친다고 말할 수 있겠다. 깨어진 유리 거울과 같은 시들. 그걸 붙잡고 시인들은 온전한 시라고 우기는 것은 아닐까? 마땅히 시의 원본을 지향해야 한다. 원본을 찾아야 한다.

그렇다면 시의 원본은 어디에 있는 것일까? 우선은 고전 속에 있다고 본다. 고전이란 오랜 세월 부대끼면서도 올곧게 살아남은 아름다운 작품들을 말한다. 흐르는 물에 씻기고 씻긴 수석 같다고나 할까. 고전 속에는 그만큼의 아름다움이 숨어 있고 오랜 세월 사람을 울린 덕성과 감동이 숨어 있다. 고전을 가까이 하면서 고전을 닮으려는 노력이 있어야 한다.

그다음은 오늘날 우리들 하루하루의 삶에 주목할 필요가 있다. 그 진지함, 그 고달픔, 그 서러움에 눈길을 떼어서는 안 된다. 결코 책 속에서 글

속에서만 시를 찾지 말아야 할 일이다. 책 속에 글 속에 있는 글은 나의 글이 아니다. 다만 참고 자료일 뿐이다. 펄펄 뛰는 살아 있는 시는 우리들의 생활인 것이다. 사람들 마음속에 시가 숨 쉬고 있다. 그것을 알아보고 그것을 끄집어내야만 한다. 특히 어린아이들 마음속에 더 많은 시의 원본이 숨어 있을 수 있다. 그것을 끌어내야 한다.

이렇게 오늘날의 시가 무미건조한 시로 전락한 것은 시 잡지 편집자, 대학교 교수, 평론가, 시험문제 출제자, 참고서 집필자, 대학의 문예창작과에서의 시 창작 수업이 이러한 현상을 불러오지 않았나 그 혐의점이 없지 않다. 그래서 기왕에 있던 시 독자들까지 시를 멀리하게 하였는지도 모를 일이다.

오늘날의 시인들은 더욱 자신들의 문제에만 갇혀 있는 느낌이다. 시인은 자신의 문제를 다루어야 하기도 하지만 타인의 문제에 마음의 문을 닫아서는 안 된다. 마땅히 타인의 아픔이나 고뇌에 관심을 가져야 하고 자연이나 사회 일반의 현상에 폭넓은 관심과 애정을 가지고 끊임없이 교감하고 소통해야 한다. 함께 느끼고 아파하여 이심전심의 상태를 이루어야 한다. 애당초 시인은 감정이입이 잘 되는 사람이어야 했다.

시의 표현에 있어서도 지나치게 자기만의 아성을 쌓고 외부인의 접근을 허락하지 않아서는 안 된다. 평상인의 어법과 비유 체계를 지나치게 많이 뛰어넘어서는 곤란하다. 오늘날 시인들의 시 표현은 아예 산꼭대기로 치달아 올라가 버린 느낌이다. 그러다 보니 난삽한 고난도의 기교를 독자들이 따라가지 못하는 것이다. 이는 마치 선로 위에서 기관차가 객

차를 떼어 놓고 저 혼자만 멀리 달려간 꼴이다. 시인은 시인 혼자서만 시인이 아니다. 독자와 더불어 독자들의 감동의 울타리와 함께 시인인 것이다.

# 산이 날 에워싸고

박목월

산이 날 에워싸고

씨나 뿌리며 살아라 한다

밭이나 갈며 살아라 한다


어느 짧은 산자락에 집을 모아

아들 낳고 딸을 낳고

흙담 안팎에 호박 심고

들찔레처럼 살아라 한다

쑥대밭처럼 살아라 한다


산이 날 에워싸고

그믐달처럼 사위어지는 목숨

그믐달처럼 살아라 한다

그믐달처럼 살아라 한다

# 좋은 시

어떠한 것의 가치를 따지는 기준에는 옳고 그른 것이 있고시비(是非), OX, 좋고 싫은 것호오(好惡)이 있을 수 있다. 앞의 것이 주로 지적인 영역에 관한 것이라면 뒤의 것은 정서적인 영역에 관한 것이다. 당연히 시는 좋고 싫은 것의 잣대를 선택한다. 그것도 나한테 좋으냐, 안 좋으냐의 잣대가 있을 뿐이다.

그러하다. 세상의 모든 시들은 그 시인에게는 최선의 것이다. 객관적인 평가가 불가능하고 우열의 판단이 어렵다. 그러나 여기서도 한 가지 방법은 있다. 시의 특수성과 보편성에 관한 문제이다. 어떤 시가 그 시인의 개성을 충분히 지녔으면서도 독자들에게 얼마나 많이 감동의 폭을 넓혔느냐 하는 문제이다.

이런 경우를 우리는 주옥편珠玉篇이라 불러 왔고, 인구人口에 회자膾炙되는 시라고 일러 왔다. 주옥편. 글자 뜻 그대로 구슬같이 단단하고 예쁜 형태의 시를 말한다. 그 주제에 있어서는 인간 정서의 깊은 곳심원한 곳에 뿌리를 내리고 있고 시의 형태에 있어 단아한 모습을 갖춘 시를 말한다. 이런 시는 오랜 세월이 지나도 사라지지 않고 사람들 곁을 맴돌게 마련이다.

정말로 좋은 시는 시를 아는 독자보다는 시를 모르는 독자들이 좋아하는 시여야 한다. 시인과 가까운 사람들보다는 멀리 있는 사람들, 미지의 독자들이 선택해 주는 시여야 한다. 그러므로 시인들은 평론가나 문인, 대학교 교수, 신문기자와 같이 시를 잘 아는 사람들을 겨냥해서 시를 써서는 안 된다. 그보다는 시를 모르는 일반 대중을 위해서 시를 써야 한다. 정말로 시가 필요한 사람들은 일반 대중들이기 때문이다.

그러함에 있어 시는 이러한 주문을 받는다. 글의 형식은 단호하게 짧아야 하며 시에 동원된 언어는 쉽고 평이하면서도 아름다워야 하고 시의 주제는 인간의 마음 깊은 곳에서 길어 올린 것이어야 한다. 좋은 시는 한 번도 만난 적이 없는 사람들을 오랫동안 만나 온 사람들처럼 만들어 준다. 시 안에 들어 있는 시인의 마음이 시인과 독자에게 다리를 놓아 주어서 그런 것이다. 그만큼 시는 멀리까지 가면서 세상을 한껏 넓혀 주는 일을 담당한다.

실로 시는 서럽고 외롭고 가슴 뻐근하고 답답한 시인에게 있어 그것을 표현하는 글이고 또 그런 여러 가지 마음의 어려움과 골짜기로부터 탈출하도록 도와주는 글이고 나중까지도 위로의 손길을 멈추지 않는 글이다. 어쩌면 시는 가난하고 불행하게 산 자에게 주시는 신의 특별한 선물인지도 모른다. 그러기에 그 시가 다시금 가난하고 불행하게 산 사람의 가슴에 가서 위로의 메시지가 되고 마음의 꽃다발로 얹히는 것인지도 모른다.

어떠한 경우든 좋은 시에는 시인의 인생이 보인다. 아니, 보여야만 한다. 문장 밑에 가라앉은 정서의 그림자 말이다. 좋은 시에서는 그 시인의 외로움의 그림자를 엿볼 수 있고 슬픔보다는 비애를 느낄 수 있고 격정보다는 감화를 맛볼 수 있어야 한다. 한 인생의 고달픔과 애달픔과 안쓰러움이 시 안에서 꽃으로 피어나 그것이 또 만인에게로 가서 만인의 것으로 피어나야만 한다.

좋은 시에는 힘이 들어 있다. 사람을 살리는 힘이고 사람의 마음을 쓰다듬고 달래고 위로하는 힘이다. 시를 진정 사랑하는 독자들 말을 들어 보면 좋은 시를 계속 소리 내어 외워 보면 마음속에서부터 저도 모르게 삶의 힘이 솟는다 그런다. 좋은 시가 어떤 시인가를 물을 때 괴테의 말보다 더 좋은 말은 없다. "좋은 시란 어린이에게는 노래가 되고 청년에게는 철학이 되고 노인에게는 인생이 되는 시다."

여기에 더하여 우리나라의 율곡 이이 선생이 했다는 이러한 말도 기억해 두는 것이 좋겠다. "시는 모든 소리와 모든 글의 정수이며 사람에 대한 감화력을 지니고 있다. 담담하고 깨끗하여 읽는 이의 마음을 맑게 해 주는 시가 가장 좋다."

# 엄마야 누나야

김소월

엄마야 누나야 강변 살자,
뜰에는 반짝이는 금모래 빛,
뒷문 밖에는 갈잎의 노래
엄마야 누나야 강변 살자.

# 경전으로서의 시

시란 어쩌면 추상명사인지도 모른다. 지금껏 누구도 그 본질을 들여다보지 못한 비밀한 나라인지도 모르고, 아무도 가 보지 못한 이상향 같은 것일지도 모른다. 그러므로 시에 대한 이야기나 평가는 어디까지나 주관적인 것이요 자기중심적이기 마련이다.

정말로 시란 무엇인가? 어떤 글인가? 그것은 참으로 대답하기 어려운 질문이다. 어떤 시가 좋은 시인가에 대해서 대답하는 일은 더욱 어려운 일이다. 그렇지만 개인적인 입장임을 전제로 한번쯤 시에 대해서 정의해 보고 싶고 이야기해 보고 싶은 생각이 없는 건 아니다.

시를 두고 생각할 때 언뜻 떠오르는 생각은 시는 경전에 버금가는 글이 되어야 한다는 것이다. 어떠한 종교든지 필수적으로 경전이란 것을 가지고 있다. 신의 이야기를 담은 책이 바로 경전이다. 불교의 『불경』과 기독교나 천주교의 『성경』이 바로 그것이다. 종교는 아니라 해도 인류에 대한 원대한 가르침을 담은 유교의 『논어』도 여기에 준한다고 할 것이다.

이러한 경전들의 특징은 그 표현이나 기술이 쉽고 단순하지만 내용은 심오하다는 데에 있다. 보다 많은 사람들에게 읽히기 위해서이다. 그리하여 경전들은 세월이 아무리 지나가도 변함없이 인류에게 도움을 주고 있다. 바로 이것이다. 세월이 지나도 여전히 존재 가치를 잃지 않는다는 것. 항구적인 가치를 담았다는 것. 인류에게 도움을 준다는 것.

그런데 오늘의 시들은 어떤가? 그 반대의 현상이 아닌가? 내용은 가변적이고 평범한데 그 표현만 까다롭고 어려운 것은 아닌지. 오늘의 시인들은 이 점을 깊이 들여다보고 반성하는 일이 있어야 한다고 본다.

한자漢字로 시詩란 글자를 파자破字해 보면 시에 대한 재미난 정보를 얻을 수 있다. 시란 글자는 말씀 언言 자와 절 사寺 자의 조합이다. '말씀의 절'이 바로 시라는 것이다. 현실적으로 절 안에는 무엇이 있나? 승려가 있고 부처님이 있고 경전이 있는 것이 절이다.

이를 시와 연결시켜 보면 승려는 시인이 되고 부처님은 시정신이 되고 경전은 시가 된다. 그러할 때 경전이란 또 어떤 글인가? 글자 하나라도 더하거나 빼지 못할 정도로 완미한 문장으로 구성된 책이 바로 경전이다. 그러므로 시도 경전이 되도록 쓰여야 한다고 본다. 이 얼마나 엄숙한 주문인가!

다시금 시를 가리키는 서정시와 소설을 가리키는 서사시란 말을 한자로 써 보아도 시가 어떤 글이어야 하는가에 대한 암시를 받을 수 있다. 서사시敍事詩라고 할 때의 서敍 자는 차례를 나타내는 서이다. 시간이나 일의 차례대로 쓰는 글이 서사시라는 것이다. 그런가 하면 서정시抒情詩에서의 서抒는 물풀 서이다. 마음속 깊이 고여 있는 감정의 샘물에서 감정의 물을 두레박으로 길어 올려 왈칵 쏟아 놓는 글이 바로 서정시, 우리가 말하는 시인 것이다. 이런 점에서 서사시가 수평의 글이라면 서정시는 수직의 글이다.

예로부터 운문은 '호수'나 '무용'으로 비유되어 왔고 산문은 '숲'이나 '도보'로 비유되어 왔다. 이에, 여러 사람들의 시에 대한 정의나 생각을 다시 한 번 들어 보는 것도 시에 대한 생각을 보다 선명하게 하는 데 도움이 되지 않을까 싶다.


*폴 발레리(Paul Valery)

 - 시는 무용이고 산문은 도보다.

*앙리 브레몽(Henri Bremond)

 - 산문에서의 독자는 종장을 향해 줄달음치지만 시에서의 독자는 되도록 그 황홀한 쾌감을 오래 지속하기 위해 제자리걸음을 하면서 머뭇거린다.

*조이스 캐럴 오츠(Joyce Carol Oates)

 - 시인은 거울을 보는 사람이고 소설가는 창밖을 보는 사람이다.

*오교(吳喬)

 - 산문은 쌀로 밥을 짓는 것에 비유할 수 있고 시는 쌀로 술을 빚는 것에 비유할 수 있다. 밥은 쌀의 형태가 변하지 않지만 술은 쌀의 형태와 성

질이 완전히 변한다.

*소동파(蘇東坡)

- 시중유화(詩中有畵) 화중유시(畵中有詩), 시 속에 그림이 없으면 시가 아니고 그림 속에 시가 없으면 그림이 아니다.


어찌 됐든 시와 산문은 언어의 질서부터가 다른 글이다. 효용에 있어서도 산문은 설득에 있다면 시는 감동에 있다. 그래서 나는 가끔 산문은 백 사람에게 한 번씩 읽히는 문장이지만 시는 한 사람에게 백 번씩 읽히는 문장이란 말을 한다. 아닌 게 아니라 시를 읽을 때마다 다른 것이 그 소감이다. 사실을 다룬 글이 아니라 감정을 다룬 글이라서 그렇다.

더 나아가 나는 시인은 죽어도 죽지 않는 사람이란 말을 가끔 하기도 한다. 시인이 죽은 뒤에도 시가 살아남아 그 시인의 목숨을 대신해서 살아 주기 때문이다. 이것은 참 무서운 말이다. 그만큼 시인은 후세의 독자들, 미지의 독자들을 의식하며 시를 써야 한다는 교훈의 말이 되기도 할 것이다.

분명히 시에는 불립문자不立文字의 요소가 있다. 다시 말하면 언외지언言外之言. 문자 밖의 문자. 차마 인간의 언어로는 모두 다 표현하지 못하는 그 무엇의 안타까운 세계. 이것은 시를 문자 자체의 의미로만 이해하지 말고 느낌으로도 이해하자는 얘기다. 여백의 영역. 시의 끝. 그것은 독자의 몫이기도 하다.

# 해인사

조병화

큰 절이나
작은 절이나
믿음은 하나

큰 집에 사나
작은 집에 사나
사람은 하나.

# 언어

    시를 이루는 조건이나 전제前提로서 나는 가끔 인간 중심휴머니즘, 감정정서, 언어표현 그 세 가지를 열거하곤 한다. 앞의 두 가지는 시의 내용과 관계되는 것으로서 비교적 항구적이고 개인적인 편차가 적은 데 비하여 뒤에 있는 언어는 시의 표현의 문제로서 개인이나 시대에 따라 변수가 많아 시의 개성을 좌우하고 스타일을 결정하게 된다. 앞의 것이 '무엇'에 관한 것이라면 뒤의 것은 '어떻게'에 해당한다 할 것이다. 그러기에 시를 이야기하면서 첫 번째로 짚고 넘어가야 할 문제가 바로 언어가 되는 것이다.

    언어는 인간만이 가진 문화 형태요 표현 수단이다. 언어에 의해 인간은 의사소통을 하면서 산다. 사회를 이루는 것, 질서를 유지하는 것도 인간에게 언어가 있기 때문이다. 민족이나 국가도 언어에 의해서 규정되고 통솔된다. 지금껏 인간이 이룬 문화적 업적은 오로지 언어의 도움으로 가능했다고 해도 과언이 아닐 것이다. 인류의 역사, 과학, 학문, 예술 역시 언어에 의해서 유지되고 발전할 수 있었음은 말할 것도 없는 일이겠다.

분명 언어는 인간이 만들었지만 거꾸로 언어는 인간을 만들어 주기도 한다. 학교에서 교육을 하는 것도 언어를 습득하고 활용하는 과정과 다름이 없다. 우리가 아름다운 언어, 순한 언어를 사용하면 인간도 아름답고 순한 사람이 되며 격하고 나쁜 말을 쓰면 우리도 그런 사람이 되고 만다. 그만큼 언어가 인간을 지배하는 영역은 막강하다. 성경에도 "네 말대로 되리라"「잠언」 22:17라는 구절이 나오지만 언어는 예언적 기능을 지니고 있으며 그 자체가 생명력을 지니고 있다. 우리가 사용하는 언어가 우리에게 희망을 주기도 하고 절망을 주기도 한다.

하이데거 같은 사람은 "언어는 존재의 집"이라는 말을 남기기도 했다. 언어를 가지고 존재를 인식하고알아보고 구별한다는 말이다. 가령 '꽃'이란 물체가 있을 때 애당초 꽃이라고 이름을 붙이지 않았을 때는 그것은 그냥 '그것'이거나 '그 무엇'이거나 끝내는 아무 것도 아닌 무존재가 되고 만다는 것이다. 꽃을 꽃이라고 이름 불러 주고 꽃이라는 말로 약속했을 때만 이 꽃은 비로소 꽃이 된다는 것이다. 언어야 말로 사물에 대한 제2의 창조일 수 있다. 이러한 속내를 김춘수 시인의 「꽃」이라는 시가 잘 보여 준다.

사람은 생각도 언어 그 자체로 한다. 심지어 기도도 언어로 하고 꿈속에서도 언어를 잊지 않는다. 진정 사람에게 영혼이 있다는 증거는 인간에게 언어가 있다는 점이다. 영혼은 인간의 몸과 마음, 그 깊숙이 숨어 있는 또 하나의 나이다. 쉽게 그 모습을 드러내지 않는다. 누구도 자기의 영혼의 실체를 잘 모르고 산다. 그러나 영혼은 언어를 통해서 자신의 모습을 드러낸다. 시를 쓸 때 종종 경험하는 일이지만 1분이나 2분 전만 해도 전혀 예상하지 못했던 말이 갑자기 튀어나오는 경우가 있다. 그럴 때면 소스라치게 놀라곤 한다. 이 말은 도대체 나의 어느 부분에 있다가 나온 것이란 말인가? 그것은 내 마음 깊숙이 숨어 있는 내 영혼이 시키는 일이 분명하다.

✳ ✳ ✳

다음에 실리는 김춘수 시인의 「꽃」이란 작품은 오늘날 읽히고 있는 시와 비교할 때 단어 하나가 다르다. 내가 처음 이 시를 읽은 것은 시인의 제6시집 『꽃의 소묘』1959년와 제7시집 『부다페스트에서의 소녀의 죽음』1959년이란 시집에서였다. 그 책들에는 「꽃」이란 시의 마지막 행이 "잊혀지지 않는 하나의 의미가 되고 싶다."로 되어 있었다.

그런데 그 뒤로 나온 책들에는 모두가 위의 문장에서 단어 하나가 바뀌어 있다. '의미'란 말이 '눈짓'이란 말로 대체된 것이다. 아마도 정음사에서 발간한 『김춘수 시선』1976년이 그 처음이지 싶다. 이는 시인의 의도에 따라 그리 된 것으로 시인 자신이 추구하던 '무의미 시론'과 관련이 있어 보이나 여기서는 그냥 맨 처음 시의 형태대로 '의미' 쪽을 따르기로 했다.

가끔 문학 강연을 가서 이 시를 읽어 주고 마지막 행에서 '의미'와 '눈짓'에 대해서 물어보면 두 편으로 갈리곤 한다. 어김없이 나이 든 측은 '의미'라고 말하고 나이 젊은 측은 '눈짓'이라 답하는 것이다. 시인이 작정하고 시어를 바꾸었는데도 처음 시를 읽은 독자들의 기억이나 생각은 여전히 바뀌지 않은 것이다.

이 점이 참 두려운 점이고 시가 살아서 움직인다는 증거이고, 또 독자가 무섭다는 말씀이 된다 하겠다.

# 꽃

김춘수

내가 그의 이름을 불러주기 전에는
그는 다만
하나의 몸짓에 지나지 않았다.

내가 그의 이름을 불러주었을 때
그는 나에게로 와서
꽃이 되었다.

내가 그의 이름을 불러준 것처럼
나의 이 빛깔과 향기에 알맞는
누가 나의 이름을 불러다오.
그에게로 가서 나도
그의 꽃이 되고 싶다.

우리들은 모두

무엇이 되고 싶다.

나는 너에게 너는 나에게

잊혀지지 않는 하나의 의미가 되고 싶다.

# 시에서의 언어

언어의 쓰임, 용법에는 두 가지가 있다. 하나는 과학적 용법이고 또 하나는 환정적環情的 용법인데 시에서 필요한 것은 환정적 용법이다. 과학적 용법은 객관적이고 사실적인 용법으로 지시에 그 기능이 있으며 현실 생활에서 주로 쓰이는 용법이다. 그런가 하면 환정적 용법은 주관적이며 정서적인 용법으로 느낌을 불러일으키는 데에 기능이 있으며 시의 문장에 주로 쓰이는 용법이다. 달을 예로 들어 볼 때, 둥근 달을 바라보며 그냥 '달은 둥글다.'라고 쓰면 과학적 용법이지만 '달은 어머니 얼굴처럼 둥글다.'라고 쓰면 환정적 용법이 된다. 그 표현이 마음속 정을 불러오기 때문이다.

시의 소재는 어디까지나 사실이 아니라 감정이다. 본래 인간의 감정은 옷 벗은 아이처럼 부끄러워하고 살아 있는 뱀처럼 빠르게 도망치며 휘발유처럼 쉽게 사라져 버린다. 어찌할 것인가? 그 감정에 옷을 입혀 주어야 한다. 여기서의 옷이 바로 언어다. 감정을 언어로 바꾸는 작업이 필요하다. 그것도 될수록 재빠르게 정확하게 감정을 붙잡아서 옷을 입혀야 한다. 결코 쉽지 않은 작업이다. 이것이 바로 시 쓰기 과정이다. 이런 점은 작곡가가 작곡할 때 악상을 오선지에 기록하고 화가가 그림을 그릴 때 감정을 넣어 붓놀림을 하는 행위와 같다 할 것이다.

무릇 문장을 두 분류로 크게 나누면 산문과 시가 있을 수 있겠다. 이 두 문장은 제각기 서로 다른 질서가 있다. 문장의 질서, 그것은 언어의 질서를 말한다. 산문의 질서는 사실과 사물의 질서, 시간과 공간의 질서를 중시한다. 이에 비하여 시의 질서는 감정과 느낌의 질서를 중시한다. 산문이 세밀화라면 시는 약화와 같고 산문이 객관성이 보장되어야 하며 문장 안에서 그 성공 여부가 결정 난다면 시는 주관성에 의하며 문장 밖으로까지 영향력이 확대되고 재생산된다. 그러므로 시의 문장은 어순이 바뀔 수도 있고 비약이나 생략이 빈번하며 문장의 구성이나 종지가 비정상적이거나 불안할 수도 있겠다.

언어 가운데서도 가장 좋은 언어는 시에 쓰이는 언어다. 시에 쓰이는 언어는 언어 그 본래의 의미 이외의 의미까지를 담고 있기 마련이다. 그것이 바로 영성이다. 결과적으로 말한다면 시에 쓰이는 언어는 영성의 언어요 순수 언어요 순금 언어라 말할 수 있다. 차라리 시에서의 언어는 다이아몬드와 같은 보석 언어라 하겠다. 매연과 연필심흑연과 다이아몬드는 다 같은 탄소炭素, 원소기호 C이지만 그 자유도에 따라 서로 다른 모습으로 나타난다고 한다. 자유도를 스스로 제한하고 단단한 감옥에 갇힐 때 다이

아몬드와 같은 보석으로 탄생한다는 것! 시의 언어 앞에서 다시금 생각해 볼 문제이다.

어쨌든 감동이 있는 시들, 명편의 시들은 대개 이러한 순수 언어, 영성의 언어로 이루어진 시들이라 할 것이다. 이러한 사정을 김소월 시인의 「진달래꽃」이란 시가 잘 보여 준다.

# 진달래꽃

김소월

나 보기가 역겨워

가실 때에는

말없이 고이 보내 드리우리다


영변(寧邊)에 약산(藥山)

진달래꽃

아름 따다 가실 길에 뿌리우리다


가시는 걸음걸음

놓인 그 꽃을

사뿐히 즈려밟고 가시옵소서


나 보기가 역겨워

가실 때에는

죽어도 아니 눈물 흘리우리다

# 시인, 또 다른 곡비

시인이란 말은 단어의 뜻 그대로 시를 쓰는 사람을 가리키는 말이다. 언제나 시에 대한 생각을 가슴에 안고 살며 오로지 시로서만 자신의 내면을 표현하는 사람이다. 타인으로부터 시인이라 불리는 것을 명예롭게 여기며 시를 사람 목숨을 살리는 밥이나 공기나 물처럼 여기며 사는 사람이다. 만약 누군가 시를 쓰면서 감옥에 가겠는가, 감옥에 안 가는 대신 시를 안 쓰며 살겠는가, 선택하라 할 때 서슴없이 그는 감옥 쪽을 선택하는 사람이겠다.

물론 시인도 다른 문학 장르의 작가들처럼 문인 가운데 한 사람이다. 그런데 우리는 여기서 시인詩人이란 이름에 한번 주목을 할 필요가 있다. 왜 시인은 다른 장르의 문인처럼 소설가나 수필가나 평론가, 희곡작가가 아니고 시인인가?

시인의 이름에만 유독 집 가家 자가 붙지 않고 사람 인人 자가 붙은 것은 무슨 연유일까? 여기에는 시인에게만 바라는 어떤 소망 같은 것이 담겨 있는 게 아닐까? 시인도 예술가이고 전문가인 것은 분명하다. 그러나 시인은 끝까지 인간답게 살아야 한다, 인간의 본분과 인간의 냄새를 잃어서는 안 된다, 뭐 이런 묵계와 보이지 않는 소명 같은 것이 담긴 건 아닐까. 생각해 보면 이것도 시인에게 보내는 하나의 격려요 다짐 같은 것이다.

그렇다면 시인은 어떤 사람이어야 하는가? 우선 시인은 마음이 부드럽고 촉촉하며 세상을 사랑의 눈으로 바라보는 사람이어야 하겠다. 엠퍼시 empathy, 동일시同一視, 감정이입感情移入이 잘되는 사람, 자비심慈悲心이 넘치는 사람, 공자님 식으로 말하면 어진 사람인(仁)이고 예수님 식으로 말하면 긍휼히 여기는 사람사랑이겠다. 그래서 그는 세상 만물과 모든 사람을 안쓰럽게 바라보고 측은히 여기는 사람일 것이다.

필경 시인은 멀고 미세한 소리를 잘 듣는 귀를 가졌으리라. 그리고 작고 보잘것없는 사물을 눈여겨 볼 줄 아는 날카롭고도 정겨운 눈을 지녔으리라. 더하여 그의 코는 세상의 향기로움에 민감할 것이며 그의 손은 지극히 부드러워 모든 것들을 감싸 안으며 편안하게 쓰다듬어 줄 줄 알 것이다.

어쩌면 시인은 또 하나의 발견자이다. 자연과학에서의 발견자와 같은 발견자는 아니겠지만 인생 속에서 새로운 질서를 발견해 내는 자이다. 그리하여 인생에 대한 새로운 원리나 법칙을 세우고 그것을 정성껏 언어로 기술하는 사람이다. 여기서 동원되는 것이 시인만이 지닌 예리한 감성과 지혜의 촉수다. 그러기 위해 시인은 먼저 울고 더 많이 울어야 한다. 또다

시 시인은 소리굽쇠가 아닌가 생각한다. 두 개의 소리굽쇠를 나란히 놓고 하나를 울릴 때 다른 하나도 따라서 울게 마련이다.

곡비哭婢. 곡비란 말을 들어 보았는가! 곡비란 옛날 상갓집에서 주인을 대신해서 울어 주는 일을 하는 사람을 이르는 말이다. 물론 삯을 받고 우는 일을 할 것이다. 그러나 그는 진짜로 구성지게 울어 상가를 상가답게 만들어 주는 일을 한다. 시인이 바로 그런 곡비와 같은 사람이다. 세상 사람들의 슬픔과 고통을 대신해서 울어 주는 사람 말이다.

오늘날 사람들은 대부분 시대정신이나 이념 문제, 생활고 때문에 울지 않는다. 오히려 내면의 문제, 감정 문제로 하여 더 많이 울고 힘들어 한다. 현대인들은 현실적인 문제나 물질적인 문제보다도 정서적인 문제, 예를 들면 소외감, 불안감, 고독, 슬픔 같은 것에 시달리며 산다. 그 가운데서도 우울증은 가장 심각한 문제다.

시인은 이들의 감정을 위해서 시를 써 주어야 한다. 이들의 힘든 마음과 함께하며 이들을 위로해 주는 시를 써 주어야 한다. 그런 의미에서 시인은 다시 한 번 곡비가 되어야 한다. 이 시대 시인의 임무는 감정적으로 힘들어하는 사람들을 위해 위로를 주는 시를 쓰고 기쁨을 주는 시를 써 주는 사람이다. 용기를 북돋우는 시를 써 주는 사람이다. 끝내는 그들을 행복감에 이르게 하고 축복해 주는 위치에 서는 사람이 시인이다. 시인의 임무는 그렇게 막중한 것이다.

시인은 순간순간 새롭게 다시 태어나는 사람이어야 한다. 아무것도 모르는 사람처럼 사물을 보고 듣는 사람. 천진한 아이와 같은 귀와 눈을 가진 사람. 그러기에 시인은 이미 친숙한 물건을 대하거나 잘 아는 사람을 만났을 때에도 처음처럼 대하는 사람이다. 세상 속에서 시인은 하나의 리트머스 시험지가 되어야 한다. 날마다 시인은 깨끗한 리트머스 시험지를 준비해 가지고 세상 속으로 나아간다. 그 리트머스 시험지를 시인은 세상 속에 던진다.

그러면 리트머스 시험지에 물감이 들고 형상이 생긴다. 세상이 주는 아픔이며 선물이다. 시인은 이 물감과 형상을 고요히 잘 들여다보아야 한다. 그것들을 느끼면서 생각하고 사랑하면서 자신의 가슴 밑바닥에서부터 우러나오는 낱말과 문장들을 조심스럽게 건져 올려야 한다. 그러면 그것이 시가 되어 준다. 그렇게 시인은 사물세상과 하나가 되어야 한다.

시인은 또한 만물의 에너지를 빨아들이는 사람이기도 하다. 다른 사람사물의 슬픔이나 고통을 만났을 때 그것은 대번에 시인의 것으로 바뀐다. 너의 것이 나의 것이 되어 버리는 것이다. 물아일체物我一體의 세계다. 그러나 그것은 끝내 시가 되어 다시 다른 사람사물의 것으로 돌아간다. 다시 내가 네가 되는 과정이다. 이렇게 시는 사물의 에너지를 순환시킨다. 이것이 바로 감동의 고리다. 이것이 또 네가 내가 되고 내가 네가 되는 신비의 세계이기도 하다.

✻ ✻ ✻

공자님 말씀에 "군군신신부부자자君君臣臣父父子子"란 대목이 있다. 이를 시와 시인에 대입하면 한마디로 시는 시답고 시인은 시인다워야 한다는 말이 되겠다. 그런데 오늘날 시인이 시인답지 못하고 시가 시답지 못한 것은 참으로 불행한 일이다.

그러면 무엇이 시인다운 것이고 시다운 것일까? 그 답은 누구도 알지 못한다. 서로가 깊이 반성하고 생각해서 그 자리를 생각하고 그 자리로 돌아가려는 노력이 있어야 하겠다. 이러한 반성은 시인에게만 그런 것이 아니고 독자에게도 마찬가지로 해당된다.

오늘날 독자들은 독자의 자리에만 머물지 않고 시인의 자리로 옮겨 앉으려는 시도를 많이 하는 경향이 있다. 이도 또한 위험하고 섣부른 일로 경계할 점이다. 어쩌면 시를 쓰는 일보다는 시를 읽고 즐기는 일이 더 가치 있고 좋을지도 모르는데 공연히 사서들 고생한다 싶어서 하는 말이다.

그리고 시인은 끝까지 배우는 사람의 위치에 서려고 해야 한다. 책에서만 배우는 것이 아니라 세상한테 배우고 만물한테 배워야 한다. 그러므로 시인은 세상 앞에서 거들먹거리는 선생이 아니고 선하고도 여린 학생이어야 한다.

그가 세상 위에 선생으로 자처하는 순간 그의 시인으로서의 생명은 끝이 나고 만다. 끝까지 시인은 누군가를 가르치려고 아는 체하는 사람이 아니고 감동시키려고 노력하는 사람이어야 하는 것이다.

시인이란 어떤 사람인가? 거기에 대한 정의 가운데 영국 사람 워즈워스와 콜리지가 함께 했다는 말, "시인이란 자신의 사상이나 감정을 보다 쉽게 보다 힘차게 표현할 수 있는 능력을 획득하고 있는 사람이다."라는 말보다 더 좋은 말을 나는 이적지 만나지 못했다.

# 나무

조이스 킬머

나무처럼 사랑스런 시를
이전에는 보지 못했네.

단물이 흐르는 대지의 젖가슴에
목마른 입술을 대고 있는 나무,

온종일 하느님을 바라보며
잎이 무성한 팔을 들어 기도하는 나무,

여름에는 제 머리칼에
지빠귀 새 둥지를 틀게 하고

눈이 내리면 안아주며

여름비하고도 친하게 지내는 나무,


시는 나 같은 바보가 쓰지만

나무를 기르는 건 오직 하느님뿐이시네.

# 시, 학인가 예인가

시는 인간의 마음을 아름다운 언어로 표현하는 언어예술이다. 그러므로 일단은 예술에 속한다. 그러나 생산된 시 작품을 가지고 분석하고 정리를 하여 질서를 세우고 그럴 때 그것은 학문이 되기도 한다. 결론적으로 말해 시는 먼저 예술이고 그다음이 학문이다. 시가 학인가, 예인가? 오래된 질문이지만 시인들 편에서는 예이고 학자들 편에서는 학이다.

그러나 최근 문단의 추세나 문인들 세계는 그것을 그렇게 이끌고 있지 않는 것 같다. 다분히 학문에 기울어 있는 경향이다. 말할 것도 없이 문단의 지도자들이 학문 편에 서 있는 사람들이 많아서 그런 것이다. 시인들이 박사 학위를 하고 대학교 교수가 되고 또 평론가를 겸하는 일은 결코 본받을 일만은 아니다. 그런데 언제부턴가 그런 시인을 선망의 대상으로 보는 풍조가 생겼다.

이뿐만 아니라 문학잡지의 편집자들에게도 문제가 있다. 그들은 순연

한 시 작품을 외면하고 문제성이 있고 실험적인 시들만을 부추겨 세우며 높은 대우를 해 주고 있다. 그러니 독자들이 가까이 올 까닭이 없다. 대학에서 문예창작과란 학과가 우후죽순처럼 생긴 것은 최근의 일이다. 한국에서 문예창작과는 서라벌예대현재의 중앙대 하나로 족한 일인데 글 쓰는 일을 전문으로 가르치는 학과가 이렇게 많다는 건 아무래도 정상적인 일이 아니다. 그러다 보니 이들 대학이 시의 기교만을 가르치고 문단 등단에만 신경 쓰도록 이끌고 있다.

특히, 오늘날 고등학교에서의 시문학 교육이 크게 빗나가고 있다고 본다. 시문학 교육은 정서적인 감상이 그 본질이지 분석적이거나 이성적인 접근이 본질이 아니다. 그러므로 시 작품의 내면을 까발리는 식으로 시험문제를 내서는 안 된다. 그것은 시의 생명을 없애 버리는 일이 된다. 시험문제를 내더라도 사지선다형, 단답형으로 내서는 안 된다. 시의 정답은 하나가 아니고 여러 개이기 때문이고 감상하는 사람마다 다르기 때문이다.

인간은 지식적인 문제보다는 정서적인 문제로 하여 더욱 크게 슬퍼하고 절망하고 힘들어 한다. 시는 철저하게 정서적인 문제에서 출발하며 그쪽에서 활용가치가 있다. 이러한 시를 인간의 마음을 다스리고 위로해 주고 기쁨을 주는 데에 사용하지 않고 기껏 시험문제를 내는 데에나 써먹는 것은 아무래도 난센스라 할 것이다. 정작 인생에는 정답이란 것이 없다. 있더라도 그것은 OX보다는 △가 더 많다.

이러다 보니 사람들은 시를 지겨운 것으로 생각하게 되는 것이다. 시는 본래 정서적인 마음의 상태가 넘쳐서 흘러나오는 노래와 같이 흥거운 것이었고 바닷물처럼 출렁대는 그 무엇이었다. 그러므로 까닭 없이 좋고 이유 없이 끌리는 문장이어야 했다. 그런데 지나치게 학문적인 측면으로만 다루다 보니 까다로운 것이 되어 버렸고 일반 대중들에게 기피의 대상이 되어 버렸다. 안타까운 일이다.

오늘날의 시를 가리켜 양식 있는 독자들은 감동이 없는 시라고 말하고 있다. 언어의 쓰임이나 시의 짜임이 기계적이고 기교적이어서 마치 컴퓨터로 조작한 시 같다는 말들을 한다. 그러기 때문에 감동이 없는 것은 당연한 귀결이라고도 말한다. 시 속에 생활이 들어 있지 않다고 말한다. 느낌 대신 사변의 영역이 너무 크다고 말한다. 끝내 감동이 없고 시에 영혼이 없다고 말들을 한다.

다시 한 번 시는 학인가, 예인가? 학이기도 하고 예이기도 하다. 그 접합점이 문제다. 적절하게 조화를 이루면서 발전시킨다면 시는 학으로서도 편안하고 예로서도 빛나게 될 것으로 믿는다.

# 꽃씨와 도둑

피천득

마당에 꽃이
많이 피었구나

방에는
책들만 있구나

가을에 와서
꽃씨나 가져가야지

# 느끼며 읽기

　사람의 말은 본래 입에서 왔다. 입에서 소리 나는 대로 말이 되었다. 그것이 처음의 말, 입말이다. 한자로 쓰면 구어口語가 된다. 그러나 그 입말은 시간적으로 공간적으로 쉽게 사라지고 마는 결함이 있다. 이것을 극복하기 위한 방법으로 나온 것이 글말, 즉 문어文語다. 문어를 우리는 일반적으로 문자라고 부른다.

　우리가 학교에 공부하러 가는 것은 글을 배우기 위해서 가는 것이다. 그것은 예나 이제나 또 다른 나라나 우리나라나 동서고금 마찬가지다. 심지어 '공부한다'는 말은 '문자를 익힌다'는 말과 같은 뜻으로 쓰일 정도다. 책을 읽고 글자를 쓰고 숫자를 셈하는 공부, 즉 3Rs 독서산(讀書算)는 전통적인 학교의 세 가지 교육 목표이기도 했다.

　그러므로 시에서도 입말보다는 글말을 중시하는 경향이 있어 왔다. 어쩌면 시 그 자체가 글말로 이룩된 하나의 언어의 구조물이었다. 시를 쓰는 것은 물론이거니와 시를 읽는 것조차도 글말 위주로 읽어 왔다. 조목 조목 따지며 읽기가 바로 그것이다. 따지며 읽기는 분석하며 읽기이다. 또 그것은 이성적 읽기요 비판하며 읽기다.

그러나 애당초 시가 어디서부터 비롯되었는가를 생각해 보면 이 따지며 읽기, 분석하며 읽기가 별로 좋은 것이 아니란 것을 알게 될 것이다. 시의 읽기 혹은 감상은 감동에 최종의 목적이 있다. 시의 소재는 우리들의 삶, 즉 생활에서 왔다. 그러므로 그 말 또한 생활어, 구어가 기본이고 적격이다. 그런데 이걸 문어 중심으로 읽는다? 어불성설이다. 당연히 구어 중심으로 돌아가야 하고 느끼며 읽기로 돌아가야 한다. 구어는 살아 있는 언어이다. 느낌이 있는 언어이다. 그러므로 구어 중심으로 읽는다는 것은 느끼며 읽는다는 말이 된다.

느끼며 읽기는 통합적으로 읽기이고 노래를 부르는 것과 같이 시의 정서 안에 자신의 마음을 띄우며 읽기이다. 여러 번 반복적으로 읽어도 질력(싫증)이 나지 않는다. 읽을 때마다 새로운 느낌이 찾아올 것이다. 읽으면 읽을수록 더욱 좋은 느낌이 들 것이다. 그러기에 시는 노래에 버금가는 글이고 마음속에 그림을 그려 가며 읽는 글인 것이다.

김영랑 시인의 유명한 작품인 「모란이 피기까지는」의 일부를 읽어 보자.


뻗쳐오르던 내 보람 서운케 무너졌느니

모란이 지고 말면 그뿐 내 한 해는 다 가고 말아

삼백 예순 날 하냥 섭섭해 우웁네다

이 대목에서 문제가 되는 것은 셋째 줄에 나오는 '하냥'이란 단어이다. '하냥'이란 말을 사전에서 알아보면 일부지역에서만 사용되는 지방어로 두 가지 뜻으로 풀이된다. 첫째는 '늘계속해서, 언제나'의 뜻이 그것이고, 둘째는 '함께'의 뜻이 그것이다. 처음 나는 이 대목을 '함께'의 의미로 해석해서 '삼백 예순 날 함께 섭섭해 우옵네다'로 읽었다. 어린 시절 가끔 '하냥'이란 말을 '함께'의 의미로 사용했던 기억을 되살려서 그랬던 것이다. 아닌 게 아니라 '하냥 놀자' 또는 '하냥 가자' 그렇게 말했던 기억이다.

그런데 호남지방으로 문학 강연을 다니면서 그 지역 분들에게 들으니 이 '하냥'이란 말의 해석이 달랐다. 그들의 말에 의하면 '하냥'이란 말은 '내내, 항상, 마냥, 늘, 하염없이, 끝없이, 계속해서'의 의미로 사용된다고 했다. 그렇다면 나의 처음 해석이 틀린 것이다. 결국은 사전적 풀이로 볼 때 두 번째 해석이 틀리고 첫 번째 해석이 맞은 것이다. 그래서 이 시의 해석은 '삼백 예순 날 언제나 섭섭해 우옵니다'가 되어야 하는 것이다. 이러한 노력과 함께 시를 읽을 때, 느끼며 읽기가 제대로 되고 시의 느낌이나 감상 또한 시인이 본래 의도했던 대로 되는 것이라고 본다. 이러한 정보는 글말보다는 입말에서 오는 것이고 오로지 그 지역 사람들의 언어 사용에서 기인한 것이다.(문장 구성이나 단어의 성향으로 볼 때도 '삼백 예순 날'이 시간 단위이기 때문에 그다음에 오는 부사 또한 시간 개념이 들어 있는 '언제나'가 맞지 않을까 생각이 든다.)

이러한 망설임과 모호는 오로지 입말에 관한 것으로 그만큼 입말이 시에서 중요하다는 것을 말해 주는 한 사례라 하겠다. 오늘날 시인들에게 시를 쓸 때 '말을 먼저 하고 시를 쓰는가', 아니면 '시를 쓰고 말을 하는가' 물으면 대부분은 시를 쓰고 말을 한다고 대답할 것이다. 그러기 때문에 오늘날 시가 문어 중심으로 기우는 것이고 어렵고 까다로워지는 것이다. 자꾸만 무미건조한 시, 현학적인 시, 문어 중심의 시로 돌아가는 것이고 독자들은 시인들 곁을 떠나는 것이다.

＊ ＊ ＊

시를 읽을 때 우리는 기쁨이 있기에 시를 읽는 것이다. 만약 시를 읽어서 불쾌해지고 우울해지고 슬퍼지며 절망감만 늘어난다면 누구도 시를 읽지 않을 것이다. 애당초 시에는 기쁨이 내장되어 있어야 하고 시를 읽을 때에도 기쁨이 수반되어야 한다.

시를 읽을 때의 기쁨이란 어떤 기쁨인가? 발견의 기쁨, 감동의 기쁨이다. 발견이라면 어라, 어라, 눈이 크게 떠지는 인생에 대한 소감이겠고, 감동이라면 내 마음이 저 마음이야, 감정의 동질성에서 오는 희열감이다. 이런 대목에서 인생의 고달픔은 수월찮게 위로받고 뿌리 깊은 고독은 탕감이 될 것이다.

시를 쓰는 기쁨이 없다면 어찌 시인이 평생을 두고 시를 쓸 것이며 독자 또한 한 권의 시집을 지루함 없이 끝까지 읽어 낼 수 있겠는가. 시가 주는 기쁨은 말할 것도 없이 눈에 보이지 않는 그 무엇. 잔잔한 마음의 물결. 그 미세하고도 은밀한 기쁨이다. 이것을 위해 시인은 평생을 헌신하고 독자들 또한 어렵사리 오솔길을 걸어 와 시인을 만나고 돌아가는 것이리라.

# 돌담에 속삭이는 햇발

김영랑

돌담에 속삭이는 햇발같이

풀 아래 웃음 짓는 샘물같이

내 마음 고요히 고흔 봄길 우에

오늘 하루 하늘을 우러르고 싶다.


새악시 볼에 떠오는 부끄럼같이

시의 가슴을 살포시 젖는 물결같이

보드레한 에메랄드 얄게 흐르는

실비단 하늘을 바라보고 싶다.

# 민중시에 대하여

한 시절 민중시란 말이 있었고 민중시인이란 말이 있었다. 운동권 시인이란 말도 있었고 참여시인이라 부르기도 했다. 조금씩 의미망은 다르겠지만 같은 부류에 속하는 시인들이요 또 시라고 볼 수 있겠다. 이들은 현실 생활이나 정치권력에 관심이 많고 그들에게 맞서는 경향이 있으면서 진실을 알리고 억압받는 사람들과 함께해야 한다는 입장에서 시를 쓰던 시인들이다.

그 나름대로 의의가 있고 공헌이 없지 않을 것이다. 그러나 이즈음에 와서 그 민중의 개념에 대해서 다시 한 번 생각해 보고 민중시라는 것에 대해서도 다시 한 번 점검해 볼 필요가 있다고 본다. 민중이란 과연 한 시절 민중시인들이 주장했던 것과 같이 노동자 농민만이 민중일까?

국어사전의 도움을 받아 본다.

민중(民衆) : 국가나 사회를 구성하고 있는 많은 사람들. 흔히 피지배 계급으로서의 일반 대중을 가리킴. 공중(公衆), 군민(群民), 민서(民庶), 중민(衆民).

이것은 이희승 『국어대사전』의 해석이다. 이대로 해석한다면 민중이란 단어 안에 계급투쟁이거나 대립적인 의미는 별로 없다. 다만 '피지배 계급'이라는 말이 문제인데 큰 의미로 해석한다면 그다음에 나오는 '일반 대중'이란 말과 동격으로 보아도 좋을 듯싶다. 어쨌든 민중이란 말은 보통 사람, 많은 사람이라는 말로 해석될 수 있는 말이다.

그렇다면 민중시란 용어도 달리 해석해 볼 필요가 있다. 굳이 좁은 의미로 그렇게 볼 것이 아니라 '민중, 혹은 대중들이 좋아하는 시'라고 새롭게 해석할 수도 있는 문제이다. 노동자 농민이라고 해도 그들은 결코 오늘날 투쟁적인 시를 좋아하지 않는다. 오히려 그들은 아름다운 말로 쉽게 표현된 정서적인 시들을 좋아한다. 오늘날 민중은 계급투쟁이나 정치 권력과 맞서는 투쟁적 민중이 아니다. 다만 행복을 바라고 마음의 평안을 꿈꾸는 생활인이다.

민중시란 이름을 원래의 민중에게 돌려주어야 할 때가 되었다고 생각한다. 과거의 민중시는 한때의 흐름이었고 경향이었을 뿐이다. 다분히 시대적 산물이라고 보아야 할 것이다. 오늘날 민중이 사랑하는 시는 어떤 시일까? 민중을 위해서 함께 울어 주고 그들을 위로해 주고 그들을 축복해 주는 시가 아닐까? 따뜻한 인간애가 담겨 있는 기도와 같은 시가 아닐까? 이러한 점에서 수녀 시인 이해인 시인의 단출해 보이는 시편들이 일반 대중들에게 그렇게 열렬하게 환영받는 이유를 한번 짐작해 보았으면 좋겠다.

우리는 로마 공화정의 마지막 실권자 율리우스 카이사르가 원로원에서 암살당할 때, 다른 사람들의 칼을 받을 때는 버텨 냈지만 아들처럼 여겼던 브루투스가 칼을 내밀자 "브루투스 너마저!"라고 부르짖고는 조용히 칼을 받았다는 이야기를 알고 있다. 그렇다! 이 살기 힘든 세상에 시인들이여, 당신들마저 우리에게 칼날 같은 언어를 들이미는가? 어디선가 원망의 소리를 듣는 듯하다.

# 서시

윤동주

죽는 날까지 하늘을 우러러

한 점 부끄럼이 없기를,

잎새에 이는 바람에도

나는 괴로워했다.

별을 노래하는 마음으로

모든 죽어가는 것을 사랑해야지

그리고 나한테 주어진 길을

걸어가야겠다.


오늘 밤에도 별이 바람에 스치운다.

# 주옥편을 위하여

주옥편이라면 앞에서도 잠시 언급한 바와 같이 주옥같이 단단하고 예쁜 모습을 지닌 시 작품을 가리킨다. 이런 작품만이 세월의 풍화작용을 이겨 내고 오래도록 버티면서 독자들로부터 사랑받는 작품으로 남는다. 시를 쓰는 사람에게 쉽지 않은 주문이다. 시의 표현으로나 내용으로나 요구 조건이 만만치 않을 것이다.

먼저 주제나 내용으로는 인간 정서의 근원적인 것을 골라야 할 것이다. 그리고 시의 표현에서는 간결하면서도 다부진 바가 있어 쏙 뽑아 올린 날렵한 아름다움이 있어야 할 것이다. 이런 작품만이 오래 살아남아 사람들의 가슴에 뿌리를 내리면서 세대에서 세대로 이어지는 정신의 유산이 될 것이다.

그렇다면 이런 기준에 합당한 작품으로는 어떤 작품이 있을까? 시간적인 검증의 필연성으로 하여 현대 시인들의 작품보다는 우리들 국문학사의 고전 가운데에서 이에 해당되는 작품들을 찾아볼 필요가 있다. 그런 방법이라면 나는 서슴없이 아래의 세 작품을 고르려고 한다. 첫 작품은 백제가요로 구전되었다는 「정읍사井邑詞」란 작품이다.

아, 달님이시어.
높이높이 돋으시어
멀리멀리 비춰 주소서.

전주 시장에 가 계신지요?
어둔 곳을 지나실까
걱정입니다.

어느 것이든 부리고 오소서.
당신 오시는 길 날 저물까
걱정입니다.

대략 뜻은 이런 작품이다. 사랑하는 남편이 행상 길에 나섰는데 무사히 집으로 돌아오기를 비는 아낙네의 지극히 평범하면서도 아름다운 소망을 담고 있는 시이다. 특별한 것이 별로 없다. 그런데도 울림이 있다. 인간적인 진실함이 있고 간절함이 있기 때문이다. 더러는 이러한 마음을 진정성이란 말로 바꾸기도 한다. 생각해 보면 인간에게 진정성보다 더 귀한 삶의 가치와 아름다움이 있을까.

우선 이 작품은 "달님"이라는 우주적인 존재를 통해 인간의 나약하고 가없기 짝이 없는 소원을 기탁함으로 우주적 상상력을 불러오고, "멀리멀리"란 거리감을 통해 지상적 그리움의 공간을 한껏 확보한다. 그러한 우주적인 수직천(天)과 지상적 수평 공간지(地) 안에 "전주"라는 구체적인 지명을 집어넣고 또한 그 안에 사랑하는 사람인(人)을 그려 넣는다. 이 시야말로 천지인天地人 삼재三才가 고루 어울린 작품의 본보기라 할 것이다.

산버들 가려 꺾어 보냅니다. 님의 손에

자시는(주무시는) 창밖에 심어두고 보오소서

밤비에 새잎 나거든 나인가도 여기소서.

이 작품은 조선시대 기생이었던 홍랑洪娘이라는 여인네가 남긴 시조이다. 이 작품을 보고 가람嘉藍 이병기李秉岐 같은 분은 "국문학사의 한 보배"라고 극찬을 아끼지 않았다. 이 시 역시 한 인간이 한 인간을 사랑하는 마음을 담았다. 지극히 평범하다면 평범한 내용이다. 그러나 그 실지에 있어서는 결코 평범하지 않다. 철저히 신분 사회였던 조선시대. 기생과 양반 계층 남자와의 사랑이다.

홍랑은 북방인 경성鏡城의 기생이었던 사람으로, 그곳에 북평사北評事로 벼슬살이 간 고죽孤竹 최경창崔慶昌이라는 남자와 사랑하는 사이가 되었던 것이다. 고죽은 당대 최고의 문명을 날리던 삼당시인 가운데 한 사람이었다. 두 사람은 나이 차이도 많았지만 풍류와 문학에서 뜻이 맞아 사랑에 빠졌다. 그러나 객지에서의 사랑이 언제나 부질없듯이 두 사람은 만난 지 1년 만에 헤어져야 했다. 떠나는 사람 최경창을 따라 홍랑은 영흥의 함관령咸關嶺이란 곳까지 온다. 그러나 북방의 기생은 더 이상 앞으로 나아갈 수 없다는 국법의 제약에 따라 최경창은 저쪽 숙소에 묵고 홍랑은 이쪽 숙소에 묵는다. 이때 홍랑은 애달픈 사랑의 마음을 한 편의 시조로 짓고 거기에 자신의 상징이기도 한 버들가지를 꺾어 함께 사랑하는 이에게 전한다. 기생이라 해도 이렇게 멋스러울 수 없고 남녀 간의 사랑이라 해도 이렇게 애절할 수 없는 일이다.


비 갠 기나긴 강둑에

봄풀이 푸르른데

임 보내는 남쪽 포구에

슬픈 노래 드높다.

대동강 물은 도대체

언제쯤 다할 것인가!

이별의 눈물 해마다

푸른 물결을 더한다네.


〈원시〉

雨歇長堤草色多 / 送君南浦動悲歌 / 大同江水何時盡 / 別淚年年添綠波

이 작품은 고려시대 최대의 시인 정지상鄭知常의 「송인送人」이란 한시이다. 앞의 두 행은 한시의 작법대로 풍경에 대한 표현이고 뒤의 두 행은 시인의 심정 표현이다이것을 한시에서는 전경후정(前景後情)이라고도 말한다. 무심한 듯 돌아온 봄의 정경을 보여 줌으로 산뜻한 감흥을 불러일으키기도 하고 눈에 보이는 듯 마음의 그림을 보여 준다. 시란 이렇게 보이지 않는 것을 보이는 것으로 바꾸고 들리지 않는 것을 들리는 것으로 바꾸는 작업이다. 이것이 바로 형상화形象化이고 이미지 작업이다. 노련한 시인은 시각이미지봄풀이 푸르른데와 함께 청각이미지슬픈 노래 드높다를 더불어 보여 주고 있다.

역시 백미白眉 편은 후반부다. "대동강 물은 도대체 / 언제쯤 다할 것인가!" 오늘날까지도 마르지 않은 대동강 강물을 두고 고려 시절의 한 사람이 나와서 언제쯤 마를 것이냐고 다잡아 묻는 것은 엉뚱한 앙탈이고 하소연이기도 하다. 불가능한 일을 두고 이러는 것은 이별의 슬픔과 어이없음과 애달픔을 짐짓 빗대어 후세의 우리더러 알아 달라고 거꾸로 묻는 말이기도 하다.

"이별의 눈물 해마다 / 푸른 물결을 더한다네." 이 또한 과장법이다. 아무리 이별의 눈물이 많고 많다 한들 강물의 푸른 물결을 더할 정도가 되겠는가! 미미한 인간의 눈물을 거대한 자연의 드높은 물결과 대비시켜 인간의 비애감을 한껏 극대화시키고 있다. 이야말로 서정시의 아름다운 승리라할 것이다. 이리하여 이 시는 인간의 가슴속 강물에 해마다 느낌의 물결을 더하고 더하여 쉼 없이 흘러가는 감동의 흐름을 멈추지 않는 것이다.

# 멀리서 빈다

나태주

어딘가 내가 모르는 곳에
보이지 않는 꽃처럼 웃고 있는
너 한 사람으로 하여 세상은
다시 한 번 눈부신 아침이 되고

어딘가 네가 모르는 곳에
보이지 않는 풀잎처럼 숨 쉬고 있는
나 한 사람으로 하여 세상은
다시 한 번 고요한 저녁이 온다

가을이다, 부디 아프지 마라.

# 시인의 대표작

　시인에게는 그 시인을 대표해 주는 대표작이 있다. 시인의 이름을 대면 곧바로 떠오르는 작품이 바로 대표작이다. 시인의 얼굴과 같은 작품이라 하겠다. 책을 뒤적여서 찾아내거나 고르는 것이 아니다. 그냥 평상의 기억 속에 각인된 시의 제목이 있어야 한다. 그것도 시 전문가나 평론가들에 의해서 선별되는 작품이 아니다. 보통의 사람들, 일반 독자들에 의해 기억되어 이야기되는 작품이 바로 그 시인의 대표작이다.

　한 시인에게 있어 대표작이 없다는 것은 매우 쓸쓸한 일이다. 그것은 그 시인의 존재 문제에까지 관여하기 때문이다. 아무리 현실적으로 큰 업적을 남기고 활발한 활동을 한 시인이라 해도 대표작이 없으면 끝내는 잊혀지고 사라지기 마련이다. 세월을 이기는 것은 사람이나 사건이 아니고 작품이다. 시인은 결코 산문적인 기록으로 남지 않는다. 어디까지나 남는 것은 작품이다. 그것도 많은 작품이 아니고 한두 편의 작품이 남는다.

어디에 남는가? 일반인들, 즉 무명의 독자들 가슴에<sub>되리나</sub> <sub>기억</sub>에 남는다. 결코 유식한 평론가나 문학의 전문가, 대학교수나 신문기자들 마음에 남는 것이 아니다. 시를 잘 모르는 독자들의 가슴에 남아야 정말로 남는 것이다. 이것이 무서운 일이다. 도대체 시인의 대표작은 누가 결정하는가? 이미 짐작하는 일이겠지만 그것은 일반 독자들이 결정한다. 시인들이 아무리 자기 작품 가운데 이것이 대표작이라 우겨도 소용이 없다. 독자들이 그렇다고 그러면 그런 것이다. 그만큼 독자들의 힘은 막강한 것이다. 그러므로 시인들은 이름 없는 독자들, 문학을 잘 모르는 독자들을 무서워할 줄 알아야 한다.

아마도 90년대 후반쯤 어느 가을이었을 것이다. 한국시인협회 가을 세미나가 충남 부여에서 열리고 있었다. 그때 나는 김춘수 시인을 만나 여쭈어 본 적이 있다.

"선생님의 대표작이 「꽃」이지요?"

그때 왜 내가 뜬금없이 노시인에게 그런 질문을 드렸는지 모르겠다. 그렇지만 나는 당연히 그렇다는 대답을 들을 줄 알았다. 그런데 예상 밖의 대답이 나왔다.

"누가 그래요? 누가 그런 엉뚱한 얘기를 하고 그래요?"

노시인은 분명 화를 내고 있었다. 영문을 모르는 일이었다. 그냥 보통으로 내는 화가 아니었다. 두 눈이 벌겋게 충혈되도록 내는 화였다. 더 이상 나는 다음 말을 잇지 못하고 그 자리를 떠야만 했다.

곰곰이 생각해 보고 앞뒤 사정을 살피면 그 까닭을 모를 바는 아니다.

그러나 여기서 중요한 것은 김춘수 시인이 「꽃」이라는 시를 당신의 대표작으로 여기지 않는다는 사실이다. 하지만 일반 독자 대중들도 그럴까? 아니다. 일반 독자 대중들한테 물으면 여지없이 「꽃」이라는 작품을 김춘수 시인의 대표작으로 꼽는다. 이것이 문제다. 시인은 아니라고 그러는데 독자들이 그런다. 그러면 누구의 의견대로 대표작이 결정되는가? 시인의 의견이 아니고 독자의 의견이다. 이것을 시인들은 다시금 알아야 한다. 그래서 독자들이 무서운 대상인 것을 깨달아야 한다.

시인들은 그의 모든 작품과 함께 후세에 남지 않는다. 한두 편의 대표작과 함께 남는다. 그것도 독자들이 그렇다고 인정해 주는 작품과 함께 그렇게 된다. 우리의 시사에서 함형수나 이장희, 오일도 같은 시인은 그들의 전 작품이 한 권의 시집으로 꾸릴 수 없을 정도로 많지 않다. 그렇지만 그들은 한 편의 시 작품으로 오늘날까지 잊혀지지 않는 별과 같은 시인이 되었다. 함형수 시인의 「해바라기의 비명」이란 시와 이장희 시인의 「봄은 고양이로다」와 오일도 시인의 「내 소녀」 같은 작품이 그와 같은 작품들이다.

흔히 시인 자신은 힘들여 애써서 쓴 시를 자기의 대표작으로 정하고 싶을 것이다. 그만큼 애정이 가는 작품이기 때문일 것이다. 그러나 뜻밖으로 일반 독자들은 그런 작품보다는 시인이 크게 힘들이지 않고 쓰윽 쓴 시를 더 좋아하는 경향이 있다. 시인이 힘들여 쓴 작품에는 작위성이랄지 힘들여 쓴 흔적이 들어갈 수 있다. 야구공을 칠 때 어깨에 힘이 지나치게 들어가면 안타나 홈런이 안 나오는 것과 같다.

이를테면, 박재삼 시인더러 당신의 대표작을 물으면 「춘향이 마음」이라고 답할 것이다. 그렇지만 일반 독자들은 「울음이 타는 가을 강」을 최고의 작품으로 친다. 이러한 경향은 생존 시인을 두고서도 마찬가지다. 가령 신경림 시인에게 물으면 「남한강」이나 「농무」를 대표작이라 말할 것이다. 그런 점이 있기는 하지만 일반 독자들은 서슴없이 「갈대」나 「목계장터」를 든다.

그래도 한 시인이 한두 편의 대표작을 남기는 것은 매우 바람직한 일이고 영광스런 일이다. 시인의 이름과 함께 대표작의 이름이 떠오르지 않는 시인은 다시 한 번 곤란하다. 결국 시인은 한두 편의 작품으로 남는 사람들이다. 그래서 시인은 죽어서도 죽지 않는 사람이 된다. 말할 것도 없이 시가 죽지 않고 독자들 가슴에서 살아 있기에 죽지 않는 목숨이 되는 것이리라.

# 호수

정지용

1

얼굴 하나야

손바닥 둘로

폭 가리지만,


보고 싶은 맘

호수만 하니

눈 감을 밖에.


2

오리 모가지는

호수를 감는다.


오리 모가지는

자꾸 간지러워.

# 「나그네」의 경우

　박목월 선생이 생전에 제일 싫어하는 것 두 가지가 있었다고 한다. 하나는 거짓말이고 또 하나는 당신의 작품 가운데 「나그네」를 대표작이라고 말하는 것이었다고 한다. 거짓말 건은 그렇다 치고, 대표작 건은 그럴 만한 이유가 있다. 본래 시 「나그네」는 조지훈 선생의 시 「완화삼玩花衫」에 대한 화답시和答詩다. 그러니까 조지훈 선생이 먼저 박목월 선생에게 시를 보내고 이에 대해 박목월 선생이 답을 한 것이다.

　이러한 정보는 청록파 3인 시집인 『청록집』에 수록된 「나그네」와 「완화삼」을 보면 안다. 먼저 「완화삼」에는 그 제목 아래에 "목월에게"란 부제가 붙어 있고, 「나그네」에는 "술 익는 강 마을의 / 저녁노을이여—지훈"이라고 부제가 붙어 있다. 그런데 문제는 박목월 선생의 시 「나그네」에 들어 있는 시 구절 "술 익는 마을마다 / 타는 저녁놀"이다. 이 대목은 조지훈 선생의 「완화삼」에 들어간 구절이기 때문이다. 그렇기에 박목월 선생도 당신의 작품 아래 그 부분을 따서 부제로 삼은 것이리라.

그러나 이 대목은 더 나아가 조지훈 선생의 한시 「여회旅懷」에 나오는 내용이다. 칠언율시七言律詩인 이 시에 "주숙강촌난석휘酒熟江村暖夕暉"란 구절이 나오는데 한글로 번역되어 바로 조지훈 선생의 「완화삼」의 "술 익는 강마을의 / 저녁노을이여"가 되고 다시 한 번 굴러서 박목월 선생의 「나그네」의 한 구절이 된다. 시의 변천으로 보면 ①「여회」(조지훈) ⋯▸ ② 「완화삼」(조지훈) ⋯▸ ③「나그네」(박목월)의 순이다.

어쩌면 박목월 선생은 당신의 다른 좋은 시도 있는데 하필이면 조지훈 선생의 시 구절이 들어간 이 작품을 당신의 대표작이라고 말하는 독자들이 야속했을지도 모른다. 그렇지만 독자들은 그런 시인들의 사정에는 아랑곳하지 않는다. 자기들이 읽은 대로 정직하게 반응할 뿐이다. 시 전문가들의 의견을 따르면 오히려 시의 평가는 맨 나중의 「나그네」가 완성도 면이나 감동 면에서 가장 앞선다고 입을 모은다. 진화와 발전이 거기에 있었던 것이다.

그런데도 박목월 선생은 이 작품이 당신의 대표작이라고 일컬어지는 것을 제일 싫어했다니 시인과 독자의 거리는 아무래도 먼 듯싶다. T.S. 엘리엇이 말한 "미숙한 시인은 흉내 내고, 성숙한 시인은 훔친다."라는 충고를 가장 잘 실천한 사례로 꼽을 만하다. 자료 삼아 이들 시 세 편을 적어 보면 이러하다.

①                    旅懷(여회)

                                           趙芝薫


千里春光燕子歸(천리춘광연자귀) 멀리 봄빛에 제비는 다시 오고

雲心水性動柴扉(운심수성동시비) 설레는 마음 사립문 열게 하는데

苔封路石寒山雨(태봉로석한산우) 깊은 산 이끼 낀 돌에 내리는 차가운 비

酒熟江村暖夕暉(주숙강촌난석휘) 술 익는 강마을에 저녁놀만 눈부시구나.

                                           *원시의 일부만 옮김




②                    완화삼(玩花衫)

                  ─木月에게

                                           조지훈


차운 산 바위 우에 하늘은 멀어

산새가 구슬피 우름 운다.


구름 흘러가는

물길은 칠백 리


나그네 긴 소매 꽃잎에 젖어


86

술 익는 강마을의 저녁노을이여.

이 밤 자면 저 마을에
꽃은 지리라.

다정하고 한 많음도 병인 양하여
달빛 아래 고요히 흔들리며 가노니……



③                             나그네
                        — 술 익는 강마을의
                            저녁노을이여— 芝薰

                                         박목월

강나루 건너서
밀밭 길을

구름에 달 가듯이
가는 나그네

길은 외줄기

남도 삼백 리

술 익는 마을마다
타는 저녁놀

구름에 달 가듯이
가는 나그네

# 도봉

박두진


산새도 날아와
우짖지 않고,


구름도 떠가곤
오지 않는다.


인적 끊인 곳,
홀로 앉은
가을 산의 어스름.


호오이 호오이 소리 높여
나는 누구도 없이 불러 보나,


울림은 헛되이
빈 골 골을 되돌아올 뿐.

산그늘 길게 느리며

붉게 해는 넘어가고


황혼과 함께

이어 별과 밤은 오리니,


삶은 오직 갈수록 쓸쓸하고,

사랑은 한갓 괴로울 뿐.


그대 위하여 나는 이제도 이

긴 밤과 슬픔을 갖거니와,


이 밤을 그대는 나도 모르는

어느 마을에서 쉬느뇨?

# 나의 대표작으로서의 「풀꽃」 시

　사람들은 즐겨 나를 '풀꽃 시인'이라고 불러 준다. 「풀꽃」이란 작품이 일반 대중에게 알려진 뒤에 새롭게 붙여진 애칭이다. 예전에는 나에게 그런 뚜렷한 애칭이 없었다. 더러 '막동리 시인'이라든지 '변방의 시인'이라고 부르는 사람들이 있었으나 그것은 희미한 것이었다. 그런데 이번에는 서슴없이 사람들이 그렇게 불러 준다. 고맙기도 하고 야속하기도 한 일이다.

　내가 지금껏 쓴 작품이 얼만데 겨우 세 줄짜리 시 한 편만 알아준단 말인가? 그것이 섭섭한 생각이고, 그래도 그렇지, 그거라도 알려졌으니 다른 작품도 그 줄을 타고 끌려 나가 사람들에게 알려지지 않는가. 이것은 고마운 생각의 일단이다. 정말로 「풀꽃」 시가 알려진 뒤로 나의 책이 팔리는 추세이고 또 문학 강연 청탁이 많이 들어오는 건 사실이다.

　그뿐만 아니라 많은 사람들이 이 작품을 가져다 쓰고 있다. 여기저기 내가 모르는 곳에 간판이나 시비로 쓰이고 글씨 쓰는 사람들이 가져다 붓글씨로 쓰고 컵이나 접시, 부채, 시계, 손수건, 티셔츠 같은 소품에 새겨 넣기도 하고 학교나 거리에 걸개로 걸리기도 하고 과자나 책상의 선전 문구로도 들어가고 영화나 티브이 드라마에 대사로 들어가고 이 사람 저 사람 칼럼에 인용되는 것은 부지기수다.

「풀꽃」 시는 2002년도, 내가 초등학교 교장으로 일할 때 학생들과 풀꽃 그림 그리기 공부를 할 때 쓴 글이다. 아이들이 하도 풀꽃 그림을 대충대충 그리기에 아이들에게 한 말을 그대로 거두어 정리한 작품이 바로 그 작품이다.


"애들아, 풀꽃 그림을 그릴 때는 풀꽃을 자세히 보아야 한다. 그러면 아무리 작고 보잘것없는 풀꽃이라도 예쁜 거란다. 그리고 말야, 한 개의 풀꽃을 오래 들여다보아야 사랑스런 거란다."

그렇게 말을 하고 났더니 아이들이 여간 예쁘고 사랑스런 게 아니다. 그래서 나는 이어서 한마디를 보탰다.

"애들아, 너희들도 자세히 보면 예쁘고 오래 보면 사랑스럽단다."


그렇게 말하고 나서 풀꽃 그림 그리기 공부는 끝났다. 나는 아이들이 그려 낸 풀꽃 그림을 들고 교장실로 들어와 지금껏 내가 한 말들을 간결하게 정리하여 「풀꽃」이란 작품으로 완성시켰다. 말한 그대로 시를 쓴 것이다. 어디까지나 글말문어 중심이 아니라, 입말구어 중심으로 시를 쓴 것이다. 실상 이 시는 풀꽃한테서 빌려온 시이고 나하고 같이 풀꽃 그리기 공부를 한 초등학교 아이들이 선물한 작품이다.

그렇게 나는 어느 날 공짜로 「풀꽃」 시를 얻는 횡재를 했던 것이다. 드디어 이 작품은 예쁜 삽화를 잘 그리기로 유명한 윤문영 화백의 그림과 위정현·윤문영의 글로 『풀꽃』이란 이름의 그림 동화로까지 나오게 되었다. 개인의 호사요 영광이 아닐 수 없다. 그래도 나는 이 작품이 나의 대표작으로 남는 것을 찬성하지 않는다. 욕심이겠지만 더욱 뒷날에 쓰는 작품이 나의 대표작으로 남기를 소망한다.

하지만 이만큼도 다행스런 일이다. 나의 데뷔작은 「대숲 아래서」란 작품이다. 만약 이 작품이 대표작으로 남았다면 나란 시인은 어찌 되었을까? 그랬다면 1971년도의 작품이 대표작이 되었으니 그다음의 나의 인생이나 문학적 자취는 없는 것이나 마찬가지가 되는 셈이다. 이 얼마나 무서운 일인가? 지금부터라도 정신 차려 글공부를 하고 시를 써야 할 일이다.

# 울음이 타는 가을 강

박재삼

마음도 한자리 못 앉아 있는 마음일 때,
친구의 서러운 사랑 이야기를
가을햇볕으로나 동무삼아 따라가면,
어느새 등성이에 이르러 눈물나고나.

제삿날 큰집에 모이는 불빛도 불빛이지만,
해질녘 울음이 타는 가을 강을 보겠네.

저것 봐, 저것 봐,

너보다도 나보다도

그 기쁜 첫사랑 산골 물소리가 사라지고

그 다음 사랑 끝에 생긴 울음까지 녹아나고

이제는 미칠 일 하나로 바다에 다 와 가는

소리 죽은 가을 강을 처음 보겠네.

2006.
제비꽃

# 시 쓸 때에

# 말공부의 네 가지

시는 말을 가지고 쓴다. 말로 이루는 예술작품이다. 그러므로 말에 대해서 조금 더 이야기를 해야 한다. 말에는 입말구어-음성언어과 글말문어-문자언어이 있다고 했다.

입말에는 듣기와 말하기의 기능이 있다. 듣기는 밖의 정보가 귀를 통해 안으로 들어가는 과정이해, input이고, 말하기는 입을 통해서 안에 있는 정보가 밖으로 나오는 과정표현, output을 말한다.

말하기는 입말로 쓰는 표현 작용이므로 글말로 하는 글쓰기와 같다. 말하기를 잘하려면 어떻게 해야 하나? 듣기를 잘해야 한다. 모든 말하기는 들음에서 비롯된다. 많이 들어야 말을 잘할 수 있다.

이것은 글말로 바꾸어 보아도 마찬가지다. 읽기는 밖의 정보가 글자를 통해 안으로 들어가는 것이고 쓰기, 즉 글쓰기는 안에 있던 정보가 밖으로 나오는 것이다. 입말에서의 듣기가 글말에서의 읽기와 맞먹고 입말에서의 말하기가 글말에서의 글쓰기와 맞먹는다.

글쓰기를 잘하려면 우선 읽기를 잘해야 한다. 아니, 많이 해야 한다. 무조건 많이 읽어야 한다. 글을 많이 읽으면 말에 대한 공부가 된다. 처음엔 단순히 모르는 단어를 알게 되지만 지나가면서 점차 문장에 대한 공부를 하게 된다.

어쨌든 많이 읽은 사람을 당하는 도리는 없다. 책을 많이 읽는다는 것은 세상에 대한 간접 경험을 많이 하는 것과 같다. 안 가 본 고장을 여행하고 못 해 본 행동을 해 보고 만나지 못한 사람을 만나는 것도 책 읽기를 통해서다.

시 쓰기에 있어 여러 가지 경향의 시를 많이 읽으면 자기의 시가 가야할 방향을 스스로 알게 된다. 아, 이런 시는 나의 취향에 맞는 시구나, 그런 생각을 하게 되고 이런 시는 나의 취향과는 맞지 않지만 재미있는 구석이 있고 이런 표현은 신선하구나, 그런 생각을 갖게 된다.

이런 책 읽기를 하면 마음속에 글의 이정표가 생긴다. 이만큼이면 충분하고 저만큼이면 모자란다는 것을 아는 마음의 기준 같은 것 말이다. 그래서 자기가 글을 쓰면서도 쉽게 다른 사람의 글을 표절하지 않는 힘이 생기고 자기의 특성을 잘 찾아낼 줄 아는 분별력이 생긴다.

그만큼 읽기는 중요하다. 읽기를 충분히 하고 나면 글을 쓰고 싶은 마음, 즉 의욕이 저절로 생긴다. 특히 좋은 문장, 명문의 문장, 깔끔하고 우아한 문장을 많이 읽을 일이다. 그러다 보면 자신도 모르게 그런 문장을 흠모하게 되고 그런 문장을 닮고 싶은 마음의 소망이 용솟음칠 것이다.

그런 다음에 글쓰기이다. 물을 많이 마시면 땀이 많이 나오거나 소변이 많이 나오는 것처럼 읽기를 많이 하면 글이 많이 나온다고 나는 생각한다. 당장은 그렇지 않다 해도 언젠가는 그렇게 읽은 내용이나 말들이 마음속에 숨어 있다가 밖으로 나오는 단계가 있을 것이라고 생각한다.

글쓰기는 글 읽기와 함께 글쓰기다. 오로지 독립된 과정이 아니다. 나는 지금도 좋은 글을 쓰고 싶으면 좋은 문장으로 된 책을 한참동안 읽는다. 하나의 버릇 같은 것이다. 그러다 보면 나도 좋은 글을 쓰고 싶은 마음의 의욕이 생긴다. 용솟음치는 힘찬 마음이다.

끝으로 말하고 싶은 것은 글을 쓸 때, 문자언어글말로만 글을 쓰는 것이 아니라 음성언어입말로도 써야 한다는 점이다. 오히려 음성언어 중심으로 글을 쓸 때 더욱 글이 자연스럽고 부드러워 읽기 편하고 독자들에게 가까이 다가간다는 점이다. 그러기 때문에 글을 쓸 때는 스스로 소리 내어 읽어 보면서 써야만 한다.

# 흰 바람벽이 있어

백석

오늘 저녁 이 좁다란 방의 흰 바람벽에

어쩐지 쓸쓸한 것만이 오고 간다

이 흰 바람벽에

희미한 십오촉 전등이 지치운 불빛을 내어던지고

때글은 다 낡은 무명샤쯔가 어두운 그림자를 쉬이고

그리고 또 달디단 따끈한 감주나 한잔 먹고 싶다고 생각하는 내 가지가지 외

로운 생각이 헤매인다

그런데 이것은 또 어인 일인가

이 흰 바람벽에

내 가난한 늙은 어머니가 있다

내 가난한 늙은 어머니가

이렇게 시퍼러둥둥하니 추운 날인데 차디찬 물에 손을 담그고 무이며 배추를

씻고 있다

또 내 사랑하는 사람이 있다

내 사랑하는 어여쁜 사람이

어느 먼 앞대 조용한 개포가의 나즈막한 집에서

그의 지아비와 마조 앉아 대굿국을 끓여놓고 저녁을 먹는다

벌써 어린것도 생겨서 옆에 끼고 저녁을 먹는다

그런데 또 이즈막하야 어늬 사이엔가

이 흰 바람벽엔

내 쓸쓸한 얼골을 쳐다보며

이러한 글자들이 지나간다

─ 나는 이 세상에서 가난하고 외롭고 높고 쓸쓸하니 살어가도록 태어났다

그리고 이 세상을 살어가는데

내 가슴은 너무도 많이 뜨거운 것으로 호젓한 것으로 사랑으로 슬픔으로 가
득 찬다

그리고 이번에는 나를 위로하는 듯이 나를 울력하는 듯이

눈질을 하며 주먹질을 하며 이런 글자들이 지나간다

─ 하눌이 이 세상을 내일 적에 그가 가장 귀해하고 사랑하는 것들은 모두

가난하고 외롭고 높고 쓸쓸하니 그리고 언제나 넘치는 사랑과 슬픔 속에 살
도록 만드신 것이다

초생달과 바구지꽃과 짝새와 당나귀가 그러하듯이

그리고 또 '프랑시쓰 쨈'과 도연명과 '라이넬 마리아 릴케'가 그러하듯이

# 구양수의 삼다법

　지금까지 수없이 많은 문인과 시인이 있었지만 글쓰기 혹은 시 쓰기에 대한 완전한 방법이나 지름길을 알려 준 사람은 없었다. 그야말로 글쓰기에 왕도王道가 없다는 말이다. 오로지 자기 나름대로 방법을 터득해야만 한다.

　어떤 돈 많은 부자에게 젊은 사람이 물었다고 한다. 어떻게 하면 돈을 많이 벌 수 있느냐고.

　"돈을 많이 벌고 싶은가? 그렇다면 책에 없는 것을 알아야 하네."

　책에 없는 것을 알아야 한다니? 좀은 엉뚱한 말씀이다. 좋은 것, 옳은 것이 다 쓰여 있는 것이 책이다. 그런 줄 알고 믿고 있는 젊은이다. 그런데 책에 없는 것을 알아야 한다니…. 노인은 계속해서 말을 한다.

　"책을 보고 돈을 많이 벌 수 있다면 이 세상에 부자가 안 될 사람이 없다네."

듣고 보니 옳은 말씀이다. 이 말은 공부하기나 글쓰기에도 통하는 말이다. 서점에 가 보면 공부하는 방법에 대해서 쓴 책은 많고 많다. 그러나 그런 책을 읽어서 공부를 잘했다는 사람을 보지 못했다. 그런 책을 읽지 않아도 공부만 잘 하면 공부를 잘할 수 있는 일이다. 글쓰기도 그렇다. 글쓰기 잘하는 책이 세상에는 아주 많다. 그러나 그런 책만 읽어서는 글을 잘 쓸 수 없다. 실지로 글을 잘 써야 잘 쓰는 것이다.

그렇다면 여기에 대한 지침이 되는 말이나 방법은 아무 데도 없단 말인가? 이쯤에서 생각나는 것은 중국 송나라 때 문장가인 구양수歐陽脩란 분이 말했다는 삼다법三多法이다. 글쓰기를 잘하기 위해 많이 해야 할 세 가지 방법. 다독多讀, 다작多作, 다상량多商量이 그것이다.

처음은 역시 다독이다. 많이 읽기, 그것은 글쓰기의 기초다. 밭갈이 같은 것이다. 먼 길을 떠나는 사람에게 이정표나 지도를 주는 것과 같다. 어떤 경우든 많이 읽은 사람을 당해 내는 재주는 없다. 다른 사람의 글을 많이 읽는 것은 자기 집 울타리를 높이 쌓는 것과 같고 담장을 멀리 두르는 것과도 같다. 글쓰기의 첫 단추가 끼워진다고 보아야 한다.

그다음은 많이 쓰기다. 어쨌든 많이 쓰고 볼 일이다. 이것은 글씨를 쓰는 사람이나 그림을 그리는 사람도 마찬가지다. 어떤 분야든 많이 해 본 사람을 또한 당해 낼 재주는 없는 일이다. 사람의 능력에는 두 가지가 있다. 하나는 아는 능력이고 또 하나는 어떠한 일을 할 줄 아는 능력이다. 시험문제를 푸는 것은 아는 것만으로도 가능하지만 글을 쓰는 것은 아는 능력 위에 할 줄 아는 능력이 더 있어야 한다.

쓰고 또 써야 한다. 무조건 많이 써야 한다. 지치지 말고 써야 한다. 어떤 시골 문학청년이 소설가 황순원 선생을 찾아간 일이 있었다고 한다. 가지고 간 작품을 읽고 난 황순원 선생은 이렇게 말을 했다고 한다.

"돌아가 자네 키만큼 원고지로 소설을 쓴 다음 다시 찾아오게."

그 청년이 끝내 소설가가 되었다면 선생의 말대로 자기 키만큼 높이의 원고지에 소설을 썼을 것이고 소설가가 되지 못했다면 역시 자기 키만큼 높이의 원고지에 소설을 쓰지 못했기 때문일 것이다.

동양에서 그림을 그리는 사람들 사이에 자주 하는 말이 있다. 좋은 그림을 그리려면 "만 리를 여행하고 만 권의 책을 읽고 만 장의 그림을 감상하고 만 장의 그림을 그려야 한다"고 한다. 여기서 '만'이라는 글자는 '많다'는 뜻이다. 그렇게 많이 해야 할 것 네 가지 가운데 앞의 것 세 가지, 즉 여행과 책 읽기와 그림 감상은 견문見聞 넓히기에 해당된다. 좋은 그림을 위해서는 실지로 그림 그리기도 중요하지만 동시에 견문 넓히기가 중요하다는 것을 말한다. 시인도 마찬가지다. 좋은 글을 많이 읽음으로 소아小我에서 빠져나올 수 있을 것이다.

끝으로 다상량은 많이 구상하는 일이다. 마음속에 글감을 오랫동안 품고 생각하고 또 생각하는 일이다. 나도 젊어서는 무조건 다독과 다작만 있으면 글쓰기가 잘 되는 줄로 알았다. 그러나 나이를 먹으면서 생각해 보니 마지막에 나오는 이 다상량이란 것이 중요하다는 걸 알게 되었다. 이것은 마음속에 글감이나 감흥을 간직하고 그것을 키우고 숙성시키는 과정이다. 말하자면 김장 배추를 담아 곰삭게 하는 작업이 다상량이다.

구양수의 다상량과 관련해서 재미있는 일화가 있다. 바로 구양수 자신에 대한 일화다. 구양수는 평소 잠을 잘 때 울퉁불퉁한 통나무를 그대로 다듬어 베개로 삼았다 한다. 사람들이 물으면 자기는 글을 쓰는 사람이므로 이런 베개를 베고 잠을 자야만 글이 잘 떠오른다고 말했다고 한다. 실지로 구양수는 그런 베개를 베고 잠을 잤는데 베개가 불편하므로 깊은 잠이 오지 않아 잠을 자면서도 글을 생각했고 때로는 비몽사몽非夢似夢, 꿈인지 생시인지 어렴풋한 상태간에 비상한 아이디어의 글을 쓰기도 했다고 한다.

그래서 당시의 문사들에게 이 베개가 유행이 되었다고 한다. 그래서 웬만한 문사들은 자기 집에 울퉁불퉁한 나무로 깎은 통나무 베개를 하나씩 준비해 두고 자기도 그럴듯한 문사라고 자랑하곤 했다고 한다. 허세다. 이것은 속은 모르고 겉만 보는 일로서 우스꽝스러운 일이긴 하지만 어쨌든 글을 쓰는 일에 있어서 구상하는 일이 얼마나 중요한 것인지를 알려주는 좋은 일화라 할 것이다.

＊ ＊ ＊

시인은 시만을 생각하며 사는 사람이다. 하루 24시간 전부를 생각할 수는 없겠지만 가장 많은 시간을 시한테 투자하는 사람이다. 나도 하루에 여러 차례 시를 생각하며 사는 사람이다. 심지어는 화장실에 갔을 때나 목욕을 할 때도 시를 생각한다.

어떤 때는 잠을 자면서도 시를 꿈꾼다. 꿈속에서 시의 문장이 떠오른다. 구양수의 베개, 그 비몽사몽일까? 아래에 적는 글은 며칠 전 꿈에 떠올린 「김밥」이란 제목의 작품이다.

괜스리 목이 메인다

어디론가는 떠나야만

할 것 같은 조바심


칸칸마다 고향

캄캄한 밤

별도 떴다.

# 저녁눈

박용래

늦은 저녁때 오는 눈발은 말집 호롱불 밑에 붐비다

늦은 저녁때 오는 눈발은 조랑말 발굽 밑에 붐비다

늦은 저녁때 오는 눈발은 여물 써는 소리에 붐비다

늦은 저녁때 오는 눈발은 변두리 빈터만 다니며 붐비다.

# 좋은 글은 좋은 마음에서 나온다

　좋은 글은 어떤 글인가? 마음의 자취가 보이는 글이다. 그 사람의 삶의 흔적이 보이는 글이다. 좋은 글을 읽어 보면 그 사람의 나이를 알 수 있고 그 사람이 살아온 모든 내력, 인생을 알 수 있다. 이런 걸 독일의 시인 라이너 마리아 릴케 같은 사람은 "시는 체험의 기록이다."라고 말했다.

　겉만 번지르르한 글은 이런 글이 되지 못한다. 좋은 글을 읽으면 대번에 그의 마음이 짚어진다. 나아가 그의 영혼을 만나기도 한다. 마음의 간절함이 담겨 있기 때문이다. 가장 좋은 마음은 사무치는 마음이다. 좋은 글을 쓰기 위해서는 사무치는 마음을 가져야 한다. 더불어 좋은 글을 쓰기 위해서는 자기 마음을 들여다보는 공부를 해야 한다.

　마음은 보이지도 않고 잡히지도 않는 내 안에 있는 그 무엇이다. 형태가 없고 자취도 없다. 그런데 어떻게 그것을 보라는 말인가? 역시 마음을 보는 것은 마음으로 해야만 한다. 그러기 위해서는 자기 마음을 두 개로 나눌 줄 아는 마음의 능력이 필요하다. 이것도 하나의 연습이니 처음에는 잘 되지 않을 것이다.

바라보는 나와 바라봄을 당하는 나로 나누어야 한다. 바라보는 나는 의식하는 나이고 바라봄을 당하는 나는 무의식의 나이다. 이것은 마음속에 두 개의 눈을 갖는 것과 같다. 그 두 개의 눈을 하나는 바깥에 두고 하나는 안에 두는 것과 같다. 바깥의 눈바라보는 나, 의식의 나이 안의 눈바라봄을 당하는 나, 무의식의 나을 바라본다. 자꾸만 그런 식으로 자기 마음을 들여다보면 자기 마음의 자취가 흐릿하게 보일 것이다.

아, 나의 마음이 이리로 가고 있구나, 내 마음이 이런 형태로 엉켜 있구나, 그런 것을 짐작하게 된다. 나중에는 마음의 부피나 색깔이나 양을 가늠할 수도 있을 것이다. 이렇게 자기가 자기 마음을 들여다보는 일은 신비한 경험을 주고 이러한 경험은 특히 시를 쓸 때 많은 도움이 된다. 실지로 화가 났거나 격정에 휩싸였을 때 거기서 탈출할 수 있는 길을 열어 주는 것은 자기의 마음을 자기가 읽는 데서부터 출발한다. 특히 시를 쓰는 사람은 자기 마음을 잘 읽어 내는 사람이어야 한다.

마음을 읽는 것은 감정을 가늠하는 일이고 마음의 길을 따라가는 일이다. 그래서 좋은 시에는 시인의 마음의 결이 잘 나타나도록 되어 있다. 일단 자기 마음, 즉 감정을 눌러질 때까지 눌러야 한다. 이 말은 억제한다는 말이기도 하고 참는다는 말이기도 한다. 그러면 마음이 팽창하게 된다. 더 이상 팽창할 수 없을 때 작은 틈새로 새어나오는 느낌감정 또는 마음이 있다. 그 느낌을 재빨리 받아 언어로 바꾼다. 그러면 시가 된다.

어쨌든 좋은 글은 좋은 마음에서 나온다. 그러므로 평소 마음을 잘 간수하고 맑은 마음, 순한 마음, 아름다운 마음, 부드러운 마음을 갖도록 하는 것은 매우 중요하다. 무릇 글을 쓰는 마음은 봄비와 같은 마음이다. 봄비는 결코 대지와 맞서지 않고 부드럽고 편안하게 하늘에서 뛰어내려 대지의 가슴에 안긴다. 그래서 대지와 한 몸이 된다.

글을 쓰는 마음은 결코 가을비 같아서는 안 된다. 가을비는 생명을 마르게 하고 살지 못하게 하는 비다. 하늘에서 내려오면서 대지와 버팅기며 튕겨 오르는 비다. 절대로 시인의 마음, 글 쓰는 사람의 마음은 가을비 같은 마음이서는 안 된다. 좋은 글을 쓰고 싶은가? 봄비와 같은 마음을 가지라. 부디 좋은 마음을 가질 일이다.

# 춘신

유치환

꽃등인 양 창 앞에 한 그루 피어오른

살구꽃 연분홍 그늘 가지 새로

적은 멧새 하나 찾아와 무심히 놀다 가나니


적막한 겨우내 들녘 끝 어디메서

적은 깃을 얽고 다리 오그리고 지내다가

이 보오얀 봄길을 찾아 문안하여 나왔느뇨


앉았다 떠난 아름다운 그 자리 가지에 여운 남아

뉘도 모를 한때를 아섭게도 한들거리나니

꽃가지 그늘에서 그늘로 이어진 끝없이 적은 길이여

# 마음은 화택

화택火宅이란 말은 흔히 쓰이는 말이 아니다. 불교 용어로 '번뇌의 고통을 불로, 삼계三界를 집으로 보아, 이승을 불이 일어난 집에 비유하는 말'이다. 그런데 나는 이 말을 글쓰기에 인용하여 설명해 보고자 한다.

일단 '불난 집'이라 했다. 불이 난 집이니 얼마나 다급하고 복잡한 일이 많겠는가. 안에 사람이 들어 있다면 서로 먼저 나가려고 앞을 다툴 것이다. 평소 이성적인 판단을 하던 사람들도 이때만 되면 동물적인 행동을 할 것이고 이른바 정글의 법칙이란 것을 따를 것이다.

인간의 마음혹은 가슴, 뇌은 일종의 블랙박스와 같다. 오만 가지 경험과 기억과 지식과 감정을 간직하고 있는 창고 같다는 말이다. 어떤 것은 밑에 깔려 까맣게 잊혀진 듯 잠겨 있기도 한다. 무질서한 상태다. 이런 것을 심리학에서는 무의식의 세계라고 말하고 또 불교에서는 업장業障 혹은 카르마karma라고 부른다.

글을 쓸 때는 이런 마음의 블랙박스에서 온갖 기억들이 밖으로 튀어나온다. 그 과정이 바로 글쓰기라고 보면 된다. 문제는 그 기억들이 언어의 옷을 입어야 한다는 점이다. 그럴 때 글 쓰는 사람은 될수록 많은 언어, 여러 종류의 언어, 적용 범위가 넓은 언어를 알고 있어야 유리하다. 하나의 소재사물, 감정가 있을 때 그것에 꼭 맞는 언어를 찾아내야 한다. 그럴 때 많은 언어를 알고 있는 사람이 유리하다는 말이다.

이는 마치 옷가게 주인이 치수에 따라 많은 종류의 옷을 준비해 놓고 손님을 기다리는 것과 같다. 여기서 플로베르의 일물일어설一物一語說이 적용된다. 일물일어설이란 한 가지 사물에는 한 가지의 말, 한 가지의 표현 방법이 꼭 있다는 주장이다. 그러므로 글 쓰는 사람은 그것을 찾아내도록 노력해야 한다는 권고가 거기에는 숨어 있다.

마음의 블랙박스에는 오직 한 개의 문이 있을 뿐이다. 그 문은 좁고 작은 문이어서 겨우 하나의 생각이나 느낌만이 통과할 수 있다. 이렇게 마음의 블랙박스에서 생각이나 느낌이 빠져나올 때 산문과 시는 빠져나오는 방식이 많이 다르다. 이를 문장의 질서라고도 말을 한다. 질서는 하나의 순서, 차례다.

산문은 될수록 객관의 질서를 따르려고 노력한다. 객관의 질서는 시간과 공간의 질서다. 사건의 질서다. 가령 눈을 감고 자기 방을 떠올려 보자. 나의 방의 경우, 방문을 열면 벽이 나오는데 그 벽에는 책들로 가득 차 있고 그 앞에는 이불이 깔려 있고 그 앞에는 조그만 앉은뱅이책상이 하나 놓여 있다. 이렇게 우리의 마음은 우리의 경험을 기억하고 그것을 공간과 시간에 따라 차근차근 되살릴 수 있는 능력을 지니고 있다.

그러나 시의 질서는 이런 경우와는 많이 다르다. 그것은 주관의 질서이고 감정의 질서이다. 느낌이 급한 순서, 강한 순서대로 밖으로 나오려고 한다. 그야말로 마음은 불난 집, 화택이다. 시를 쓰는 사람은 저항 없이군말 없이 이 감정의 질서순서에 따라 마음을 밖으로 나오도록 도와주어야 한다. 그러면서 자기가 알고 있는 가장 좋은 말로 그 감정에게 옷을 입혀 주도록 노력해야 한다.

예를 들어 한 아이가 학교에 갔다가 저녁 늦게 집에 돌아왔다고 하자.

그때 두 개 형식의 문장으로 이를 표현해 보자.


아이가 학교에 갔다가 집에 돌아왔다. 아파트 문을 열고 안으로 들어온 아이는 제 방에 들어가 가방을 내려놓고 거실로 나왔다. 아이가 말했다.

"엄마, 배고파요. 밥 주세요."

학교에서 늦게 돌아오느라고 아이가 많이 배가 고팠던 모양이다.


이렇게 표현하면 산문이 된다. 그러나 다음과 같이 표현하면 시가 된다.


밥 줘, 엄마

나 배고파.


시의 문장은 감정이 급한 순서, 큰 순서에 따르기 때문에 어순이 바뀌

기도 하고 문장의 형식이 뒤틀리기도 한다. 그렇지만 그것이 시의 특징이

므로 어쩔 수 없는 일이다.

# 내 소녀

오일도

빈 가지에 바구니 걸어놓고
내 소녀 어디 갔느뇨.

…………

박사(薄紗)의 아지랑이
오늘도 가지 앞에 아른거린다.

대화하기




　우리나라의 말은 말의 구조 자체가 2음, 3음, 혹은 4음으로 구성되어 있어 3·4조, 4·4조, 합하여 7·5조에 맞도록 되어 있다. 그래서 자연스럽게 생겨난 가락이 우리의 시조 형식이다. 현대시조 작가인 김상옥 시인의 「봉선화」란 작품의 1연을 읽어 보자.


　비 오자 장독간에 봉선화 반만 벌어
　해마다 피는 꽃을 나만 두고 볼 것인가
　세세한 사연을 적어 누님께로 보내자.


　물론 이 작품은 시조이므로 시조 형식의 자수율을 따르고 있다. 모든 시조들이 이렇게 구성되어 있다. 이러한 시조는 중국에서 비롯된 한시의 4행이 줄어서 3행시로 정착했다는 말이 있으나, 여기서는 그런 말을 할 자리는 아니고 우리말의 특성을 말하는 자리이니 그쪽으로 말머리를 돌린다.

　위의 시조 작품은 이렇게 3장세 줄, 6구여섯 마디의 형식을 가지고도 있지만 그 말들을 자세히 들여다보면 그 말들 자체가 묻고 대답하는 형식으로 구성되어 있음을 알게 된다.

　비 오자 장독간에 ⋯ 묻는 말

　봉선화 반만 벌어 ⋯ 대답하는 말

　해마다 피는 꽃을 ⋯ 묻는 말

　나만 두고 볼 것인가 ⋯ 대답하는 말

　세세한 사연을 적어 ⋯ 묻는 말

　누님께로 보내자 ⋯ 대답하는 말

　모두가 이런 식으로 문장이 구성되어 있다. 이것을 더욱 작게 잘라 보면 또 이렇게 된다.

　비 오자(묻고) / 장독간에(답하고) / 봉선화(묻고) / 반만 벌어(답하고)

　해마다(묻고) / 피는 꽃을(답하고) / 나만 두고(묻고) / 볼 것인가(답하고)

　세세한(묻고) / 사연을 적어(답하고) / 누님께로(묻고) / 보내자(답하고)

　결국은 시조의 기본 형식으로 돌아간다. 이것이 우리말의 기본 구조이다. 그러면 왜 우리말이 이런 구조를 가졌겠는가? 그것은 우리들의 생각하고 느끼는 것 자체, 현실적으로 생활하는 것 자체가 그렇게 묻고 대답하는 식으로 되어 있기 때문이다. 우리가 알고 있는 좋은 모든 시들은 이렇게 묻고 대답하는 형식으로 문장이 되어 있음을 본다. 그러기에 그런 작품들은 자연스럽고도 편안하게 독자들과 시인 사이에 마음의 징검다리를 놓는다.

그것은 김소월 시인의 「가는 길」과 같은 작품을 예로 읽어 봐도 분명하게 알 수 있는 일이다. 그런데 이 작품은 묻고 대답하는 부분만 있는 게 아니라 두 사람의 마음이 합하는 부분도 있음을 본다. 발전된 형태다.


그립다(묻고)

말을 할까(답하고)

하니 그리워(합하고)


그냥 갈까(묻고)

그래도(답하고)

다시 더 한 번……(합하고)


저 산에도 까마귀, 들에 까마귀,(묻고)

서산에는 해 진다고(답하고)

지저귑니다. (합하고)

앞 강물, 뒷 강물,

흐르는 물은(묻고)

어서 따라오라고 따라가자고(답하고)

흘러도 연달아 흐릅디다려. (합하고)


이런 시를 읽으면 마음이 가지런해지고 한곳으로 모아지는 느낌을 받는다. 왜인가? 시를 읽는 동안에 자기 스스로 마음을 주고받고 합하고 그래서 마음이 편안해진 상태가 되어서 그렇다. 마음을 주고받고 합한다는 것은 하나의 생명현상이다. 우리가 들숨과 날숨으로 호흡하는 것부터가 하나의 생명현상이다. 밤낮이 바뀌는 것, 사계절이 반복되는 것, 바닷물이 밀물과 썰물로 교차되는 것도 생명현상이다. 이것이 또한 질서이고 순서이다. 시의 문장도 이런 자연스런 질서를 따를 때 생명력이 높아지고 전파력과 감동이 커지는 것이다.

시 쓰기의 기본이 대화에 있다는 것을 알아야 한다. 그것만 알아도 많이 아는 것이다. 말하고 대답하고, 이런 구성을 계속 해 나갈 때 시의 흐름은 조금씩 조금씩 앞으로 나아갈 것이다. 그러면서 우리 마음도 따라 갈 것이다. 어디까지나 시의 문장은 '성큼성큼'이 아니라 '조촘초촘'이다. 스몰 스텝Small Step이다. 덩치 큰 이야기, 뿌리 깊은 이야기를 하지만 그 표현은 매우 작고 거기에 동원되는 단어는 쉽고도 단출하고, 또 간결해야 한다.

빙산의 일각이란 말을 들어 봤을 것이다. 바닷물에 떠 있는 빙산은 열

가운데 아홉은 물속에 가라앉아 있고 하나만 물 위로 떠 있다. 물속에 가라앉아 있는 부분이 생활 경험이나 시의 소재, 추억 같은 것이고 물 위에 떠 있는 부분이 바로 시이다. 무릇 좋은 시는 그래야만 했다. 그 반대일 때 낭패가 된다.

시를 쓸 때의 대화는 두 사람이 하는 것이 아니다. 어디까지나 시 쓰는 시인 혼자서 하는 말이다. 혼자서 묻고 혼자서 대답하고 그러는 것이다. 여기서도 내가 둘로 나뉘어서 서로 말을 주고받는 것이다. 묻는 말의 자리에 나를 두고 대답하는 자리에 독자를 둔다. 이렇게 또 좋은 시는 늘 독자를 눈앞에 둔 것처럼 의식하면서 쓰는 시가 되어야 한다. 늘 누군가를 배려하는 마음으로 쓰여져야 한다.

이것을 나는 작심作心, 독심讀心, 문심文心이란 말로 갈라서 설명하곤 한다. 작심은 물론 작자의 마음, 시인의 마음이다. 독심은 독자의 마음이다. 또 문심은 문장의 마음이다. 시인은 시를 쓸 때 자기의 의도대로 시를 쓴다. 그렇지만 시인은 혼자서만 부리나케 앞으로 나아가서는 안 된다. 뒤를 바라보면서 옆을 살피면서 앞으로 나아가야 한다. 따라오는 사람이 있다. 바로 독자다. 이런 독자를 살피고 배려하는 마음이 바로 독심이다.

더 나아가 글 속에는 글이 가진 마음이 있을 수 있다. 시인이 이렇게 쓰고 싶은데 저렇게 써지는 마음이다. 이것을 때로 우리는 영감이란 말로도 설명한다. 시를 오래 써 본 사람은 모두 다 아는 바이지만 시를 쓰다 보면 나 혼자서만 쓰는 것이 아니란 느낌을 받을 때가 많다. 나는 쓰고 싶은 생각이 별로 없는데 글이 저절로 써지는 때가 있고, 내가 의도하지 않은 말이 술술 써질 때가 있다. 이것이 바로 문심이 하는 일이다.

좋은 시를 쓰기 위해서는 평상시 좋은 말을 하고 예쁜 말, 부드러운 말을 하는 버릇이 중요하다. 글은 글자, 즉 문어로 기록되지만 그 기본은 어디까지나 실생활, 삶에 있고 구어에 그 근본이 있는 것이다. 좋은 시를 쓰는 사람은 평상시 보는 것도 다르고 듣는 것도 다르고 말하는 것도 다르다. 그 모든 것들이 모여서 한 편의 시로 나타나는 것이다.

# 돌아오는 길

박두진

비비새가 혼자서
앉아 있었다.

마을에서도
숲에서도
멀리 떨어진,
논벌로 지나간
전봇줄 위에,

혼자서 동그마니
앉아 있었다.

한참을 걸어오다

되돌아봐도,

그때까지 혼자서

앉아 있었다.

# 세 가지 마음

글을 쓸 때 세 가지 마음이 있다고 앞에서 말을 했다. 작심作心, 문심文心, 독심讀心. 이들에 대해서 조금 더 설명을 해 보고 싶다. 이들 세 마음을 시를 쓰는 과정의 주체와 비겨 보면 ① 작심 ⋯▶ 시인, ② 문심 ⋯▶ 시, ③ 독심 ⋯▶ 독자, 이렇게 짝이 지어진다.

그러나 시인은 시를 쓸 때 이 세 가지 마음을 고루 헤아리며 써야 한다. 자기 혼자서 자기 맘대로 시를 쓸 수 있다고 생각하면 오산이다. 나도 젊은 시절에는 내 뜻대로만 써도 되는 줄 알고 우악스럽게 시를 쓴 사람이다. 그러나 시간이 지나면서 시라는 글이 그렇게 호락호락 쉽게 쓰이지 않는 글이라는 것을 알게 되었다.

무엇보다도 시를 쓸 때 시인은 자의식을 너무 강하게 가지면 안 된다. 여기서 자의식이란 시인의 생각, 의지, 뜻을 말한다. 더구나 고집마음의 힘을 부리면 곤란하다. 그러면 시의 문장이 뻣뻣해지고 단어와 단어 사이

피가 통하지 않게 되고 끝내는 답답해져서 좋은 시로서 실패하게 된다.

될수록 시인은 시를 쓸 때 겸손해지고 부드러워지도록 노력해야 한다. 몸을 낮추어야 한다. 편안한 마음으로 시를 대해야 한다. 시를 깔보는 마음이면 정말 안 된다. 어쨌든 시인의 뜻이 너무 강해서 시를 지나치게 간섭하고 시비 걸고 좌지우지하면 시가 화가 나서 저 혼자 달아나도록 되어 있다.

무엇보다도 시인은 시를 쓰면서 시에게 십분 자유도를 허락할뿐더러 시의 뒤를 조심스럽게 따라갈 필요가 있다. 그러면 시가 시인을 데리고 가면서 앞길을 열어 주는 것은 물론, 시인이 전혀 뜻하지 않은 문장이나 단어까지를 선물하기도 할 것이다. 더 나아가 제가 가진 순연한 속살을 보여 줄지도 모른다.

어떤 때는 저 멀리 보이지도 않고 존재하지도 않는 가상의 독자, 독심이 문장의 마음이나 시인의 마음을 끌고 갈 때도 있다. 문장이 하나 써지면 조용히 그 문장을 들여다보며 마음에 새기거나 입술로 소리 내어 읽으면서 기다려 줄 필요가 있다. 그러면 그다음에 새로운 문장이나 단어가 떠오를 것이다 이런 경우는 철저히 시가 시인을 찾아오는 경우다

그것은 마치 봄이 와 죽은 듯 묵은 가지에서 새싹이 돋고 그 새싹이 자라 이파리가 되고 끝내 그 끝에서 꽃이 피어나는 과정과 같다. 그런 의미에서 시 쓰기도 하나의 생명의 발현 과정이다. 이를 어찌 무딘 표현으로 다 설명한다 하겠는가!

슬아. 미처 설명하거나 표현하지 못한 부분은 네가 헤아려 알기 바란

다. 여기서 안다는 것은 그냥 안다는 것이 아니고 마음으로 깨달아 안다는 말이다. 글쓰기시 쓰기는 작심과 문심과 독심이 서로 어울려 협동하는 매우 섬세하면서도 아름다운 한 과정임을 마음에 새길 일이다.

# 황홀극치

나태주

황홀, 눈부심

좋아서 어쩔 줄 몰라 함

좋아서 까무러칠 것 같음

어쨌든 좋아서 죽겠음


해 뜨는 것이 황홀이고

해 지는 것이 황홀이고

새 우는 것 꽃 피는 것 황홀이고

강물이 꼬리를 흔들며 바다에

이르는 것 황홀이다


그렇지, 무엇보다

바다 울렁임, 일파만파, 그곳의 노을,

빠져 죽어버리고 싶은 충동이 황홀이다

아니다, 내 앞에

웃고 있는 네가 황홀, 황홀의 극치다


도대체 너는 어디서 온 거냐?

어떻게 온 거냐?

왜 온 거냐?

천 년 전 약속이나 이루려는 듯.

# 의인법

시의 말투또는 어법의 기본이 대화라 하면 시 표현의 기본은 의인법이다. 복잡하게 이미지image니 메타포metaphor니 상징이니 그런 어려운 말들을 꺼낼 필요도 없다. 의인법 하나만 제대로 알아도 충분히 좋은 시를 쓸 수가 있다.

의인법擬人法이란 사람이 아닌 다른 물체나 대상을 사람처럼 여기는 표현법이거나 사유법이다. 아예 세상 만물을 사람으로 바꾸어 놓고 바라보고 듣고 느끼고 생각하고 또 표현하는 것이 의인법이다. 세상은 사람과 사람 아닌 다른 것으로 이루어져 있다.

사람이 아닌 것을 우리는 자연이라고 말하고 물체라고 말하고 사물이라고 말한다. 더욱 단순하게 보면 '나'와 '너'로 구성되어 있다고 말한다. 어찌 되었든지 주체와 객체, 나와 너, 사람과 물체로 이루어진 것이 이 세상이다. 거기서 주관과 객관이 나온다.

문제는 내가 아닌 다른 쪽을 어떻게 보느냐에 있다. 그런데 묘하게도 우리말은 그 자체가 사물 일체를 인간처럼 보는 방향으로 표현되거나 구성되어 있음을 본다. 가령, '책상 다리'라든가 '병 모가지'라든가 그런 말들이 모두 사람이 아닌 것들을 사람처럼 보고 표현한 경우들이다.

　문장으로 나타낼 때도 그렇다. '가로등이 외롭게 서 있다.' 이런 표현은 엄격하게 말하면 거짓이다. 가로등은 외로운 것도 아니고 외롭지 않은 것도 아니다. 그냥 가로등일 뿐이다. 그런 걸 사람들이 '외롭다'고 감정을 가진 것처럼 표현하고 있다. '키 큰 미루나무가 바람에 머리칼을 쓰다듬고 있다.' 이것도 사실은 거짓이다. 미루나무에 머리칼이 있을 리도 없고 그 머리칼을 쓰다듬고 있을 까닭도 없는 일이다. 이것이 모두가 의인법적인 표현의 사례요 기초다.

　의인법에 반대되는 것이 반의인법反擬人法이다. 반의인법은 사람을 오히려 자연에 빗대어 표현하는 방법이다. 예를 들어 '곰 같은 사람', '여우 같은 사람'이라든지 '목석 같은 사람' 같은 것이 바로 그런 표현들이고, 이런 표현은 나중에는 '같은'을 떼어 버리고 그냥 '곰'이거나 '여우', '목석'으로 통하기도 한다어려운 말로는 앞의 표현을 직유라고 하고 뒤의 표현을 은유, 즉 메타포라고 한다.

　　여름을 보내기 싫은 마지막

　　매미 소리가 가늘고도 파란 강물을

　　멀리까지 흘려보낸다

따르르르


사람의 마음도
매미 소리의 강물을 따라
멀리까지 흘러간다
따르르르


들판 끝 어디쯤에서
손가락을 벌려 바람의 머리칼을
빗질하고 있는 나무 한 그루를 만나고


하늘 한구석에 웃통을 벗고
가늘게 눈을 치뜨고
일광욕을 즐기는 구름 한 송이를 만나고


패랭이꽃 빛으로 꽁꽁
숨어 있는 너를 만나기도 한다


아, 살아서 숨 쉬는 사람이어서
얼마나 좋은가!

이 작품은 몇 년 전에 내가 쓴 「따르르르」란 제목의 작품이다. 이 작품은 어쩌면 의인법을 설명하기 위해 쓴 작품처럼 의인법이 많이 들어가 있다. 한두 군데가 아니다. 아예 시의 발상 자체가 의인법에서 출발하고 있다.

A.

- 여름을 보내기 싫은 마지막 / 매미 소리
- 들판 끝 어디쯤에서 / 손가락을 벌려 바람의 머릿칼을 / 빗질하고 있는 나무
- 하늘 한구석에 웃통을 벗고 / 가늘게 눈을 치뜨고 / 일광욕을 즐기는 구름

B.

- 사람의 마음도 / 매미 소리의 강물을 따라 / 멀리까지 흘러간다
- 패랭이꽃 빛으로 꽁꽁 / 숨어 있는 너

A는 의인법적인 표현의 실례이고 B는 반의인법 표현의 실례들이다. 의인법이든 반의인법이든 시의 내용을 싱싱하게 하고 생동감을 준다는 점에서 공통점을 갖는다. 이러한 표현법 내지는 사유 방법을 통해 인간과 자연은 때로 하나가 되기도 한다.

# 달팽이는 느려도 늦지 않다

장 루슬로

다친 달팽이를 보거든 섣불리 도우려고 나서지 말라.
스스로 궁지에서 벗어날 것이다.
성급한 도움이 그를 화나게 하거나
그를 다치게 할 수 있다.

하늘의 여러 개 별자리 가운데
제자리를 벗어난 별을 보거든 별에게
충고하지 말고 참아라.
별에겐 그만한 이유가 있을 거라고 생각하라.

더 빨리 흐르라고 강물의 등을 떠밀지 말라.
강물은 나름대로의 최선을 다하고 있는 것이다.

# 총각 머슴의 처녀 이야기

옛날 어느 산골 마을에 총각이 하나 살고 있었다 하자. 그 총각은 산 너머 마을 부잣집에 가서 한동안 일을 해 주고 돌아왔다. 머슴살이를 한 것이다. 그런데 일하는 주인집 아가씨가 매우 예쁜 사람이었다. 눈이 부실 정도로 예쁜 처녀였다. 이 처녀를 보고 돌아온 총각이 자기 동네의 다른 총각들에게 그 여자에 대해서 얘기를 해 주었다고 하자. 여기서 동원되는 것이 시적인 방법이다.

이야기하는 사람은 처녀를 실지로 본 총각이다. 이 사람이 바로 시인이다. 이야기를 듣는 사람은 처녀를 본 일이 없는 사람들이다. 이 사람들이 바로 독자다. 실지로 보고 듣고 느끼고 만진 일이 있는 사람이 그런 일을 하지 못한 사람들에게 보고 듣고 느끼고 만진 것처럼 말해 주는 것이 바로 시이다. 그래서 그것을 잘 알게 해 주는 것이 시이다. 우리나라 속담에

"마음이 굴뚝 같다."라는 말이 있다. 마음은 형태가 없어 보여 줄 수가 없다. 그러나 굴뚝은 볼 수가 있다. 우뚝하다. 이 우뚝한 굴뚝에 마음을 의지하여 볼 수 없는 마음을 볼 수 있는 마음으로 바꾼다. 이것이 바로 우리들의 시 쓰기인 것이다.

아름다운 처녀의 얼굴을 표현해야 하는데 어떻게 표현하면 좋을까? 궁리하다 못한 총각은 처녀의 눈과 입술과 눈썹과 머리칼과 얼굴을 각각 이렇게 표현했다고 하자. '별처럼 빛나는 눈', '앵두처럼 붉은 입술', '초승달 같은 눈썹', '구름 같은 머리칼', '보름달 얼굴'. 물론 이것은 상투적인 표현법으로 죽은 비유dead metaphor의 실례다. 그렇지만 총각으로서는 그 이상 다른 표현법을 찾지 못했을 것이다. 여기서 우리가 알고 넘어가야 할 점은 시라는 것은 경험한 사람이 경험하지 못한 사람을 위하여 써 주는 글이라는 점이다. 그렇기 때문에 경험하지 못한 사람이 알고 있는 사물이나 사건을 예로 들어 설명하거나 표현해 준다는 것이다.

다시 한 번, 어느 집에 초등학교 다니는 아이가 있다고 하자. 수학여행을 떠나 생전 처음으로 동해 바다를 보았다 치자. 수평선 가득 멀고 푸른 물로만 가득 찬 동해 바다. 그러나 동해 바다는 고요하게 그대로만 있는 것이 아니다. 요동을 친다. 파도가 몰려오고 몰려간다. 수평선 끝으로부터 수없이 많은 파도가 몰려와 모래밭에 부서진다. 사라진다. 처음으로 동해 바다를 본 아이는 주체하지 못할 감동을 느꼈다. 그런 뒤에 아이는 집으로 돌아왔다.

집에 돌아온 아이는 엄마에게 제가 본 동해 바다를 말해 주고 싶었다.

"엄마 엄마. 동해 바다가 마치 살아서 움직이는 커다란 짐승 같았어. 멀리서부터 파도가 몰려오는데 수백 마리, 아니 수천 마리, 수만 마리 말들이 떼를 지어 막 달려오는 것 같았어. 그 말들은 모두가 말굽을 들고 앞으로만 앞으로만 달려왔어. 그러더니 모래밭에 와서는 쓰러져 죽고 말았어."
이 아이가 한 말을 조금만 다듬으면 그럴듯한 시가 된다. 여기에 '동해 바다'란 제목까지 붙여 놓으면 더욱 그럴듯해진다.

바다는 살아있는 커다란
한 마리 짐승
멀리서부터 파도가 밀려온다

파도는 수없이 많은 말의 떼
한 마리 두 마리가 아니라
수백 마리 수천 마리

말들은 떼를 지어 말굽을 들고
나에게 달려온다

쏴, 쏴, 쏴,
말들은 모래밭에 와서
한꺼번에 쓰러져 죽는다.

이렇듯 시는 많은 말을 동원하지 않는다. 또 요란한 표현을 필요로 하지도 않는다. 어디까지나 간결한 문장에다가 조그만 세계를 담는다. 그러나 그것은 커다란 '동해 바다'를 가슴에 안는다. 어쨌든 시란 눈에 보이지 않는 것을 눈에 보이듯 표현하는 문장이고 귀에 들리지 않는 것을 귀에 들리듯 표현하는 문장이다. 그런 면에서 성경에 나오는 천국 이야기도 결국은 시가 되는 것이다.

# 윤사월

박목월

송홧가루 날리는
외딴 봉우리

윤사월 해 길다
꾀꼬리 울면

산지기 외딴집
눈먼 처녀사

문설주에 귀 대이고
엿듣고 있다

# 시, 김장김치 같은 것

여러 차례 말했지만 시의 소재는 사실이 아니다. 그것은 사건도 아니고 사물도 아니고 인물도 아니다. 어디까지나 감정이고 정서이고 느낌이고 생각이다. 그러나 그런 것들은 오감으로 증명이 되지 않는다. 보이지도 들리지도 만져지지도 냄새나 맛으로도 확인이 되지 않는다는 말이다.

그런데 이것을 표현해 내야 한다. 어떻게든 표현해 내야 한다. 그러나 그것은 결코 쉬운 일이 아니다. 그러기에 모두들 시가 어렵다고 말하는 것이다. 여기에 마음의 재주넘기가 필요하다. 그것은 마음의 형태를 바꾸는 것이다. 이것을 저것으로 바꾸는 것이다. 때로는 전혀 새롭거나 엉뚱한 모습으로 나타난다. 그러나 본래의 것과 전혀 관계가 없는 것은 아니다. 마음을 바꿀 때는 마음을 땅바닥에 뒹굴려야 한다. 좀 거칠게 다루어야 한다. 때로는 마음을 깨뜨리기도 하고 재결합하기도 해야 한다.

시 쓰기는 마치 잘 숙성한 김장김치 만들기와 같다. 김장김치는 겉절이와는 다르다. 김치라도 겉절이는 재료의 모습이 그대로 드러나 있는 음식이다. 배추, 고춧가루, 소금, 젓갈, 파 등 그 재료를 어느 정도 확인할 수 있는 형태의 음식이다. 그러나 김장김치, 그것도 잘 숙성시킨 김장김치는 전혀 다르다. 앞의 것이 물리적 변화라면 뒤의 것은 화학적 변화이다. 본래의 재료를 구분할 수 없으며 그 재료들을 본래의 상태로 돌아가게 할 수도 없다. 본래의 재료와는 전혀 다른 그 무엇이 되어 버렸기 때문이다.

그것은 시의 경우에서도 마찬가지이다. 시에서도 정서의 화학적 변화를 요구하고 있다. 김장김치와 같은 발효식품처럼 되는 것이 시 쓰기다. 그러기 위해서는 몇 차례의 마음의 재주넘기를 요구하고 있다. 마음의 몸바꾸기가 있어야 한다. 이를 순서로 표시하면 다음과 같다.

사건, 사물, 인간(확인 가능) ···▶ 느낌, 감정, 생각, 정서(확인 불가능) ···▶ 재주넘기(시 쓰기) ···▶ 시(다시 확인 가능)

나는 그전에 '봉숭아'를 소재로 하여 여러 차례 시로 써 본 일이 있다. 봉숭아는 어린 날부터 가까이 보아 왔던 꽃이요, 지금도 주변에서 자주 보는 꽃이다. 해마다 여름이 오고 봉숭아꽃이 피면 유심히 들여다보곤 한다. 그러면서 이런저런 생각이 많고 느낌이 많아진다. 봉숭아의 초록 이파리와 하얀 허리통이 어리고도 사랑스런 누이동생을 연상시키기도 한다. 그런가 하면 붉은색, 분홍색, 자줏빛, 때로는 새하얀 꽃송이는 그들의 어여쁜 얼굴을 닮은 듯도 싶다. 다음은 나의 시 「봉숭아」이다.


　헐어진 헛간채

　누이가 마중 나와

　울고 있다

　초록 저고리 다홍치마


　시집갔다 쫓겨 온

　그날의 차림새 그대로

　집 나간 오래비 기다려

　쪼그려 앉아 울고 있다.


　배경은 시골 마을 한 초가집의 헛간채. 그것도 오래되어 헐어진 헛간채. 그 앞에 봉숭아꽃이 피어 있다. 그 꽃을 보고 시인은 스스로 집 나간 오래비가 된다. 그리고는 봉숭아를 자기를 마중 나온 누이동생으로 바꾸어 생각한다. 그런데 누이동생은 시집갔다가 쫓겨 온 누이동생이다.

　그 누이동생은 초록 저고리와 다홍치마를 입었다. 이런 차림은 바로 갓 결혼한 새신부의 차림이다. 그런데 마음이 아픈 것은 오래비나 누이동생이나 불행한 사람들이란 점이다. 한 사람은 집 나간 남자이고 한 사람은 시집갔다가 쫓겨 온 여자다. 이 시를 쓰기 위해선 이런 심리적 과정을 거쳤을 것이다.

① 어느 여름날 시골 마을을 지나다가 헐어진 헛간채 앞에서 봉숭아꽃을 만남 ⋯ ② 봉숭아꽃의 초록 이파리와 다홍빛 꽃을 봄 ⋯ ③ 어린 시절 누이동생을 떠올림 ⋯ ④ 그 누이동생이 결혼하여 초록 저고리와 다홍치마를 입었던 때를 상기함 ⋯ ⑤ 실지로는 아니지만 누이동생이 시집갔다가 소박맞아 쫓겨 왔다고 상상함 ⋯ ⑥ 그래서 눈앞의 봉숭아가 바로 누이동생이라고 가정함 ⋯ ⑦ 또 그 누이동생이 쪼그려 앉아 울고 있다고 상상함 ⋯ ⑧ 여기에 더하여 나는 집을 나가 방황하는 남자라고 가정함 ⋯ ⑨ 이런 비극적인 감정에 휩싸여 시를 씀.

위에서 볼 때 ①과 ②와 마지막 ⑨만이 현실적인 일이고 사실이다. 그리고는 ③부터 ⑧까지는 회고이거나 상상이거나 가정이다. 말하자면 심리적인 과정이고 눈에 안 보이는 것이고 비현실이다. 이런 과정은 차례대로 일어나지 않는다. 서로 뒤엉켜 일어난다. 그러나 시로 쓰는 과정은 매우 빠르고 신속하게 속사포처럼 순간적으로 이루어진다. 시를 쓰고 난 다음에는 잠시 허탈감에 빠지기도 하리라. 그런 때 인간은 마치 바람 빠진 고무풍선 같은 상태가 되기도 한다.

# 바다와 나비

김기림

아무도 그에게 수심을 일러준 일이 없기에
흰 나비는 도무지 바다가 무섭지 않다.

청무우밭인가 해서 내려갔다가는
어린 날개가 물결에 절어서
공주처럼 지쳐서 돌아온다.

3월달 바다가 꽃이 피지 않아서 서거픈
나비 허리에 새파란 초생달이 시리다.

# 시의 문장 떠올리기

"시의 첫 문장은 신이 주는 선물이다."라는 말이 있다. 시를 써 본 사람은 짐작을 할 것이다. 처음 시를 쓰기 직전의 그 막막한 마음. 그것은 마치 폭풍전야의 밤과 같이 고요하고 괴롭고도 답답한 마음이다. 시의 첫 단어를 무엇으로 하고 첫 문장을 어떻게 시작할 것인가? 그것은 마치 주문을 기다리는 무당과 같고 기도의 응답을 기다리며 절대신 앞에서 떨고 있는 신실한 신도와 같다.

번번이 제정신으로 첫 문장, 첫 단어를 떠올리지 않는다. 어떤 신비한 기운, 억제하지 못할 그 어떤 존재에 끌린 듯 첫 문장과 첫 단어를 떠올린다. 이렇게 첫 문장이나 첫 단어가 주어지면 그다음은 비교적 수월하다. 언제든 좋은 시의 첫 문장은 마지막 문장까지를 통제하도록 되어 있다. 이 또한 인간인 시인의 자의적인 노력이나 능력만으로는 불가능한 그 어떤 신비한 영역의 일이다.

시의 문장을 찾아낼 때 우리의 마음은 세찬 물이 흘러가는 깊은 강과 같다. 아득하다. 멀다. 어지럽다. 어찌 이 여울을 건널 것인가? 마뜩한 방법이 떠오르지 않는다. 이런 때는 환상적으로, 비현실적으로 강물을 건너야 한다. 우선 마음을 모으고 마음속에서 커다란 돌덩이 하나를 꺼낸다. 어떻게 그런 일이 가능하냐고? 그러기에 마음의 수양이 필요한 것이고 마음의 능력이 요구되는 일이다. 어쨌든 돌덩이 하나를 찾아내거나 만들어 내는 일을 본인이 책임질 일이다.

그 돌덩이를 가져다가 조심스럽게 강물 속에 집어넣는다. 돌덩이가 물에 들어가 징검다리가 되어 준다. 그러면 그 징검다리 위로 발을 옮긴다. 휘청, 다리가 흔들리고 어지러울 것이다. 그래도 쉬 당황해서는 안 된다. 담대해야만 한다. 그런 다음, 마음을 가지런히하고 강물 속을 들여다보아야 한다. 한참을 그러다 보면 강바닥으로부터 불쑥 또 하나의 돌이 올라오는 것을 보게 될 것이다. 아니, 느낄 것이다. 그러면 다시 조심스럽게 발을 옮겨 그 돌 위로 가야 한다. 그렇게 차례대로 돌다리를 놓으며 강물을 건넌다.

강물 가운데쯤 와서 뒤를 돌아보아서는 안 된다. 돌아다보면 지나온 돌다리가 깡그리 사라져 버린 것을 보게 될 것이다. 그러면 두려움은 더욱 커질 것이다. 이제는 돌아갈 수도 없는 걸음. 다만 앞만 보고 걸어야 한다. 그리고는 강물 속을 깊게 들여다보아야 한다. 그렇게 하나씩 하나씩 징검다리를 놓고 강물을 다 건넜을 때 안도감이 찾아올 것이다. 강물 건너편 땅에 발을 딛는 순간이 시의 마지막 문장에 피어리드를 놓는 순간이다.

한 편의 시는 그렇게 위태롭게 불안하게 어지럽게 이루어지게 마련이다. 그것은 마음의 세찬 강물 건너기와 같은 것이다. 다시 말하지만 시인은 절대로 혼자만의 힘으로 시를 쓴다고 생각해서는 안 된다. 외부적인 존재사물, 사람든 내부적인 존재마음, 영혼든 타자의 도움을 적극적으로 받아들이는 용기가 필요하다.

번번이 시를 쓰면서 신비롭기까지 한 경험을 하곤 한다. 시를 한 구절 쓰거나 떠올리면 그다음 단계에서 다른 문장이나 낱말이 떠오르곤 한다. 이때는 기다리는 마음이 중요하다. 그다음 단계를 억지로 이성적인 판단이나 지식으로 채우려고 하지 말고 그 즈음에서 서성이거나 머뭇거려 줄 필요가 있다. 기다려 보는 것이고 눈치를 살피는 것이다. 그러면 이전에 내가 전혀 예상치 못했고 짐작도 못했던 말들이 떠오르게 된다.

이는 가히 선물 수준이다. 이것을 조심스럽게 받아쓰도록 노력해야 한다. 그러므로 시 쓰기는 시인 혼자 독단적으로 가는 길이 아니다. 그것은 시심마음이 함께 가 주는 일이고 더 나아가 시심이 이끄는 대로 따라 가는 길일 수도 있다. 결국 시 쓰기는 시인과 그 무엇과의 협업協業이고 나 아닌 다른 어떤 것의 도움을 받아들이는 과정이기도 하다. 이것을 알게 된다면 시 쓰기는 훨씬 더 부드러워지고 시를 기다릴 줄 아는 마음도 저절로 생길 것이다.

# 민간인

김종삼

1947년 봄

심야(深夜)

황해도 해주의 바다

이남과 이북의 경계선 용당포.


사공은 조심조심 노를 저어가고 있었다.

울음을 터뜨린 한 영아를 삼킨 곳.

스무 몇 해나 지나서도 누구나 그 수심을 모른다.

# 시를 쓰게 하는 마음

　시 쓰는 사람이라면 누구나 좋은 시를 쓰고 싶을 것이다. 그것이 하나의 소원이 되리라. 나 같은 사람은 고등학교 1학년 시절 시 쓰는 시인이 되는 것이 인생의 세 가지 소원 가운데 하나였다. 시인이 되리라. 일찌감치 인생의 지상 목표가 결정되었다. 남몰래 시를 가슴에 안고 살았다. 특별한 시적인 소질이나 능력이 있어서도 아니고 누군가 주변에서 칭찬해 주는 사람이 있었던 것도 아니다. 다만 혼자서 시에 홀려서 그렇게 된 것이었다. 그것은 나의 나이 15세 때.

　운명적인 것이었다 그럴까. 아니면 생래적인 것이었다 그럴까. 무엇인지 모르게 그리운 것들이 많고 많았다. 멀리 있는 것들이 그리웠고 헤어진 사람이 그리웠다. 사랑스런 것들이 또 너무나 많았다. 주변에 있는 것들 하나하나 사랑스러웠고 떠도는 길에서 만난 구름이며 산이며 꽃송이 하나까지 가슴에 메워 왔다. 점점 무언가를 기다리며 사는 사람이 되어

갔다. 계절을 기다렸고 사람을 기다렸고 나에게 다가올 아름다운 일들을 기다렸다.

그리움은 나에게 없는 것, 이미 있었으나 지금은 사라진 그 무엇, 여기에 있지 않고 저기에 있는 것을 소유하고 싶어 하는 마음이다. 그에 반하여 사랑은 현재 내 앞에 있는 그 무엇을 아끼고 간직하고 부추기는 마음이다. 그리움에 비하여 보다 현실적인 마음이라 할 것이다. 그런가 하면 기다림은 시간적인 문제로서 미래에 있을 그 어떤 것을 상상하고 그것이 내게 있기를 고대하는 마음이다. 그리움과 사랑보다도 더욱 먼 것을 생각하게 하는 인간의 능력이 되어 주는 요소다.

무릇 시를 생각하는 사람은 이 세 가지 마음을 고르게 가졌으리라. 마땅히 그래야 하리라. 그리움과 사랑과 기다림은 시를 쓰게 하는 세 가지의 기본적인 힘이고 시를 기르는 좋은 토양이다. 거기에 더하여 가질 마음은 아무래도 측은지심惻隱之心이다. 안쓰럽게 여기는 마음. 불쌍히 여기는 마음. 이 마음이 사람을 살리고 자연을 살리고 사물을 아끼게 한다. 한 자루의 몽당연필을 보고서도 문득 눈물이 나는 것은 이 측은지심 때문이다. 아, 저것이 인간을 위해 제 몸 바쳐 애쓰다가 저런 꼴이 되었구나!

저 마음이 내 마음이 된다. 내 마음이 또 저것의 마음으로 옮겨 간다. 모름지기 시 쓰는 사람은 부드러운 마음을 가져야 한다. 겸손한 마음을 가져야 하고 마음의 문을 낮출 대로 낮춰야 한다. 그래야만 밖에 있는 것들이 거리낌 없이 안으로 들어온다. 시인이 혼자의 힘만으로 시를 쓰는 줄알면 큰 오산이다. 시인은 결코 혼자만의 힘으로 시를 쓰지 않는다. 주변의 사람들의 도움을 받아야 한다.

가족의 도움, 직장 동료의 도움, 친구나 사랑하는 이성의 도움, 특히 사랑하는 이성의 도움은 막대하다. 무시할 수 없는 소득이고 보너스다. 가히 횡재이고 축복이다. 내가 아니다. 그들의 목소리와 모습과 얼굴 표정이다. 그것이 그대로 시로 바뀌는 것이다. 조심해서 들어야 할 일이다. 눈부신 눈으로 바라보아야 할 일이다. 그들에 대한 생각을 늘 가슴속에 보석처럼 간직하고 살아야 한다. 그것이 시의 싹이며 줄기며 잎이며 또한 꽃이고 열매다.

나의 많은 시들, 그 가운데서도 좋은 시들은 누군가를 애타게 사랑하면서 그를 가슴속에 간직하며 살아갈 때 쓴 작품들이다. 그것은 번번이 사랑하는 마음 위에 떨어진 선물과 같은 것이었다.

# 개양귀비

나태주

생각은 언제나 빠르고
각성은 언제나 느려

그렇게 하루나 이틀
가슴에 핏물이 고여

흔들리는 마음 자주
너에게 들키고

너에게로 향하는 눈빛 자주
사람들한테도 들킨다.

# 사물에게 말 걸기

  좋은 시를 쓰기 위해서는 또 자연이나 사물의 도움도 받아야 한다. 그러려면 주변의 자연이나 사물을 눈여겨 바라보고 조심스럽게 들어 보아야 한다. 날카로우면서도 부드럽고 사랑스런 눈을 고루 갖추어야 하고 무심한 듯 세심한 귀를 가지도록 애써야 하고 섬세한 촉감과 후각과 미각을 또 가져야 한다. 이에 사랑하고 아끼는 마음보다 더 좋은 마음은 없다. 더하여 사물을 존경하고 받드는 마음을 가졌다면 금상첨화가 되리라.

  마땅히 주변의 사물을 가깝게 생각해야 한다. 그러면서 그 사물들을 가슴에 간직하고 살아야 한다. 오랫동안 사물을 가슴속에 간직하고 살다 보면 그 사물이 나의 이웃이 되고 나의 피붙이처럼도 느껴질 것이다. 세월의 값이다. "피는 물보다 진하다."라는 말이 있지만 그것피은 시간보다는 진하지 못하다. 뭐니 뭐니 해도 함께 오랜 시간을 같이 한 존재보다는 못하기 때문이다. 한 인간의 추억이나 생애, 그 역사까지가 시간의 누적에 지나지 않는 것들이겠다.

어쨌든 이렇게 오랜 시간 주변의 사물에게 애정과 관심을 기울이면서 산다고 하자. 그럴 때 그 사물과 대화하고 싶은 때가 있다. 아니, 그 사물의 말을 들어 보고 싶을 때가 있다. 인간의 말을 알아듣지 못하는 사물이고 인간의 말을 할 줄 모르는 사물이다. 그러나 이런 사물과 대화할 수가 있다. 이쪽에서 먼저 말을 붙여 보는 방법이다. 귀도 없는 사물에게 어떻게 말을 붙이나? 마음속으로 말을 붙이는 방법을 택해야 한다.

지그시 눈을 뜨고 사물을 바라본다. 그리고는 그 사물을 마음속으로 생각한다. 잠시만 생각하는 것이 아니고 오랜 시간 동안 생각하고 또 생각한다. 그러면 그 사물이 슬그머니 내 마음속으로 들어와 자리를 잡는다. 비구상의 모습이다. 형태 없는 형태이다. 그렇지만 존재하지 않는 건 아니다. 그 존재, 내 마음속에 있는 존재를 향하여 말을 걸어 본다. 쉽게 대답을 하지 않을 것이다. 그래도 계속해서 말을 걸어 본다. 그렇게 여러 차례 말을 걸어 보면 언젠가는 그 사물이 대답을 해 올 때가 온다.

이것이 바로 '사물에게 말 걸기'이다. 귀도 없고 입도 없는 사물이 말을 할 까닭은 없다. 결국은 내 마음속에 있는 또 하나의 내가 나에게 말을 해 주는 것이다. 나하고 내가 말을 주고받는 것이다. 어쩌면 시란 내 마음속에 있는 또 한 사람의 내가 나한테 해 주는 말 그것인지도 모르고 그걸 성실히 조심스럽게 문자로 기록했을 때 시가 되는 것인지도 모른다.

그러기 위해서 또 우리는 어린아이 같은 마음을 늘 가져야 한다. 천진한 마음이다. 철들지 않은 마음이다. 분별이 많지 않은 마음이다. 따지지 않는 마음이다. 분석하지 않는 마음이다. 세상 모든 것을 처음 보고 듣는 것처럼 하는 마음이다. 그러므로 세상 만물은 그 앞에 새롭게 금방 태어난 생명이 된다. 그러므로 시인은 사물을 새롭게 창조하고 세상을 새롭게 발견하는 사람이다. 이 얼마나 거룩하고 커다란 이름인가! 시인이여, 그대 어깨 위에 그런 놀라운 사명과 영광이 걸렸다.

# 너 없이도 너를

나태주

내가 너를
얼마나 좋아하는지
너는 몰라도 된다

너를 좋아하는 마음은
오로지 나의 것이요,
나의 그리움은
나 혼자만의 것으로도
차고 넘치니까……

나는 이제
너 없이도 너를
좋아할 수 있다.

# 빌리지 말고 훔쳐라

가장 확실한 방법은 시인이 어떤 방식으로 빌리는가이다. 미숙한 시인은 흉내 내고, 성숙한 시인은 훔친다. 나쁜 시인은 빌린 것에 먹칠을 하고, 좋은 시인은 빌린 것 이상으로, 적어도 색다른 무엇인가를 만들어 낸다. 좋은 시인은 훔친 파편들에 자신만의 감정을 함께 녹여 만들어 내지만, 나쁜 시인은 장물을 아무 응집력 없이 내뱉을 뿐이다. 좋은 시인은 먼 옛날의, 혹은 이국의 언어를 가진, 혹은 관심 분야가 다른 작가로부터 빌려 오는 법이다.

이것은 T. S 엘리엇이라는 영국의 시인이 「신성한 숲」이란 글에서 쓴 내용이다. 시 쓰는 모든 사람은 이 말을 좀 더 상세히 알아 두어야 할 것 같아서 인용문이 길지만 옮겨 적었다. 위 글에서 가장 중요한 구절은 "미숙한 시인은 흉내 내고, 성숙한 시인은 훔친다Immature poets imitate, mature poets steal."이다.

결론은 '빌리지 말고 훔쳐라'이다. 현실적으로 물건이나 돈이나 사람을 훔치는 것은 죄가 된다. 해서는 안 되는 일이다. 게다가 작가들이 남의 작품을 훔치는 것도 금기 사항이다. 여기서 훔치는 일은 표절하는 일이다. 그런데 이 글에서는 그것을 하라고 되어 있다.

하나의 예외요 충격이다. 오죽 이 말이 맘에 들었으면 파블로 피카소 같은 천재 미술가도 이와 비슷한 말을 반복했겠는가. "좋은 작가는 베끼고, 위대한 작가는 훔친다Good artists copy, great artists steal." 엘리엇의 말을 빌려다 자기 방식으로 바꾸어 한 말이다. 나중에는 스티브 잡스까지도 이와 비슷한 말을 했다고 한다.

가끔 나는 강연장에 나가 학생들에게 이런 말을 하기도 한다.

"얘들아, 남의 물건이나 돈을 훔친다든지 사람을 훔치는 일은 나쁜 일이야. 잘못하면 감옥에 가기도 하지. 그러나 남의 마음을 훔치는 일은 나쁜 일이 아니란다. 선생님의 마음을 훔쳐 봐. 그것은 선생님으로부터 사랑을 받는다는 말이야. 친구가 기쁜 마음을 가졌을 때도 그 마음을 훔쳐도 돼. 내가 친구처럼 기뻐지면 되는 거니까. 그것은 하나도 나쁜 일이 아니야. 오히려 칭찬받을 일이지."

더욱이 다른 사람의 사랑하는 마음을 훔치는 일은 좋고도 좋은 일이다. 내가 그를 사랑하고 그가 나를 사랑함이 얼마나 좋은 일인가. 그런 마음이 세상을 아름답게 평화롭게 만든다. 실은 시도 다른 사람의 마음을 훔쳐서 쓰는 경우가 많다. 슬퍼하는 사람이나 괴로워하는 사람의 마음을 내가 받아들여훔쳐서 그 사람의 마음이 되어 시를 써 주는 경우가 많다. 심지

어느 식물이나 동물의 마음을 내 것으로 하여 시를 쓰기도 한다.

어쩌면 좋은 시인은 이렇게 다른 사람이나 사물의 마음을 얼른 내 것으로 바꿀 줄 아는 사람이고, 또 그것을 시로 적어 낼 줄 아는 사람인지도 모른다. 어쨌든 시 쓰는 사람은 자기 혼자만의 감정과 경험만으로 시를 쓰려고 고집해서는 안 된다. 기꺼이 타인과 사물의 도움을 받아 시를 써야 한다. 이것은 내가 번번이 되풀이해서 하는 말이기도 하다. 시가 창작품이라고는 하지만 완전한 창작품은 아니다. 이미 시에 사용되는 말이 오래 전부터 조상들에 의해 사용된 말이다. 그러기에 거기에는 기존 관념이랄까 선입견 같은 것들이 덕지덕지 묻어 있다.

그리고 시의 소재가 되는 감정이라든지 경험이란 것도 오직 나한테만 있었던 오직 새롭고 독창적인 것만은 아니다. 이미 오래전부터 사람들은 그런 감정이나 그런 경험을 하면서 살아왔다. 그런 가운데 하나가 나의 것인 것이다. 그것을 알아야 한다. 그래서 성경 속의 이런 말씀도 시 쓰는 사람들에겐 좋은 참고가 될 것으로 믿는다.


모든 만물이 피곤하다는 것을 사람이 말로 다 말할 수 없나니 눈은 보아도 족함이 없고 귀는 들어도 가득 차지 아니하도다. 이미 있던 것이 후에 다시 있겠고 이미 한 일을 후에 다시 한지라. 해 아래 새것은 없나니 무엇을 가리켜 이르기를 보라 이것이 새것이라 할 것이 있으랴. 우리가 있기 오래전 세대들에도 이미 있었느니라.

- 『성경』,「전도서」1장 8~10절

# 내 영원은

서정주

내 영원은
물빛
라일락의
빛과 향의 길이로라.

가다 가단
후미진 굴헝이 있어,
소학교 때 내 여선생님의
키만큼 한 굴헝이 있어,
이쁜 여선생님의 키만큼 한 굴헝이 있어,

내려가선 혼자 호젓이 앉아

이마에 솟은 땀도 들이는

물빛

라일락의

빛과 향의 길이로라

내 영원은.

# 외워서 쓰기

첩첩산중에도 없는 마을이 여긴 있습니다. 잎 진 사잇길, 저 모랫둑, 그 너머 강기슭에서도 보이진 않습니다. 허방다리 들어내면 보이는 마을.

갱(坑) 속 같은 마을. 꼴깍, 해가, 노루 꼬리 해가 지면 집집마다 봉당에 불을 커지요. 콩깍지, 콩깍지처럼 후미진 외딴 집, 외딴집에도 불빛은 앉아 이슥토록 창문은 모과빛입니다.

기인 밤입니다. 외딴집 노인은 홀로 잠이 깨어 출출한 나머지 무를 깎기도 하고 고구마를 깎다, 문득 바람도 없는데 시나브로 풀려 풀려 내리는 짚단, 짚오라기의 설레임을 듣습니다. 귀를 모으고 듣지요. 후루룩 후루룩 처마깃에 나래 묻는 이름 모를 새, 새들의 온기를 생각합니다. 숨을 죽이고 생각하지요.

참 오래오래, 노인의 자리맡에 밭은기침 소리도 없을 양이면 벽 속에서 겨울 귀뚜라미는 울지요. 떼를 지어 웁니다. 벽이 무너지라고 웁니다.

어느덧 밖에서는 눈발이라도 치는지, 펄펄 함박눈이라도 흩날리는지, 창
호지 문살에 돋는 월훈.

- 박용래, 「월훈(月暈)」

위의 시는 박용래 시인의 「월훈」이란 제목의 작품이다. 시가 길고 시 안
에 이야기가 들어 있을 것 같은 느낌이다. 동화적인 분위기도 느껴진다.
시의 배경이며 시 안에 들어 있는 인물이며가 모두가 옛날 어느 시절, 우
리들이 살던 오래된 그림을 보여 준다. 그렇다. 매우 회화적인 시이다. 눈
앞에 그림이 그려진다. 소동파가 말했던 '시중유화詩中有畵, 시 속의 그림'가
분명하게 있는 작품이다.

짧고 간결한 시를 잘 썼던 박용래 시인도 때로는 이렇게 느실느실 언어
미가 넘쳐 나는 작품을 썼다. 그러나 여기서는 이 시에 대한 내용이나 아
름다움을 말하려고 하는 것이 아니다. 박용래 시인이 이 작품을 쓸 때의
이야기를 하려고 하는 것이다.

박용래1925~1980 시인은 1955~1956년에 문예지 『현대문학』의 추천
을 통해 시인이 되었다. 그때 나이 31세. 결코 빠른 나이가 아니다. 그 뒤
로 해마다 시를 중앙 문단에 발표했지만 시인은 별로 주목받지 못하고 있
었다. 이런 시인이 주목을 받기 시작한 것은 1969년 첫 시집 『싸락눈』을
내고 그해에 「저녁눈」이란 작품으로 제1회 현대시학 작품상을 받고 부터
다. 일약 박용래 시인은 인기 시인이 되었다.

그로부터 몇 년이 지난 1976년 1월 중순. 나는 오랫동안 만나고 싶던 속

초의 이성선 시인을 처음 만나고 나서 집으로 돌아가는 길이었다. 기왕 나선 길이니 집으로 가기 전에 대전의 박용래 시인을 만나야지 해서 대전에 들렀다. 박용래 시인은 그때 대전 오류동의 슬라브 양옥집에 살고 있었다. 대문간에 감나무가 있어 스스로 '청시사靑柿舍'라 이름 지어 부르던 집이었다. 집은 새집이었으나 시인이 사용하는 방은 매우 적막하고 추웠다. 방의 윗목에 화분이 몇 그루 놓여 있었는데 그 화분의 꽃들이 얼어 죽은 듯했다. 파초 화분과 유도화夾竹桃도 화분이었다.

박용래 시인은 술과 담배를 좋아했다. 손에서 담배를 놓지 않고 글을 쓸 때도 술을 마시며 쓰는 버릇이 있었다. 그날 밤 나는 여러 차례 시인의 심부름으로 술과 술안주로 돼지고기 수육과 두부를 사러 다녀야 했다. 시인은 『문학사상』으로부터 시 청탁을 받았노라며 시를 쓰고 있었다. 박용래 시인은 그 당시 물오른 봄의 나무처럼 시를 써 내고 있었다. 시인으로서의 절정기였다.

박용래 시인은 시를 미리 써 놓지 않는다. 청탁이 들어오거나 작품이 필요하면 그때에서야 쓴다. 그렇다고 시를 생각하지 않는 건 아니다. 늘 시를 마음속에 간직하며 산다. 그러면서 시 구절이 떠오르면 그것을 입속으로 외우기도 하고 마음속으로 매만지기도 한다. 시인에게는 시가 생활이요 삶이요 노동이요 휴식이었다. 말하자면 인생의 전부였다.

그날 밤 시인은 시를 쓰고 있었다. 그냥 원고지에 만년필로 쓰는 게 아니라 입으로 외우면서 시를 썼다. 신기했다. 지금까지 친하게 만나 온 유명한 시인도 별로 많지 않았지만 입으로 소리 내어 시를 읽으며 쓰는 경우는 알지 못하던 나였다. 그런데 시인은 시를 원고지에 다 옮긴 다음엔 나더러 읽어 보라는 것이었다. 그 시가 바로「월훈」이라는 작품이었다.

밤이 깊어지자 나는 시인의 방 윗목에 요를 하나 덮고 잠을 청했다. 겨우 잠이 들락 하는데 시인이 흔들어 깨웠다.

"야, 나태주, 나태주. 일어나 이 시 좀 읽어 봐."

졸린 눈을 비비고 시를 읽어 봤다. 그러나 조금 전에 읽은 시와 별로 달라진 부분이 없었다. 있다면 단어가 몇 자 바뀌었다든가 월점이 바뀐 정도. 다시 차가운 방바닥에 등을 붙이고 잠을 청하려고 그러면 시인은 또 나를 깨웠다. 조금 전에 한 일을 다시 시키는 것이었다. 그렇게 해서 한 밤을 꼴딱 새웠다. 내가 잠을 못 잔 것은 물론이고 시인은 아예 밤을 하얗게 새운 터였다.

하룻저녁 잠을 못 잔 나는 그냥 시인을 만나지 말고 집으로 돌아갈 것을 잘못했다 싶기도 했지만 그날 밤의 경험은 나의 시 쓰기에 아주 많은 영향을 주었다. 그때까지만 해도 나의 시 쓰기는 어디까지나 종이에 쓰기만 하는 그야말로 문어 중심의 시 쓰기였다. 쓰고 나서 시를 읽는 쪽이었다. 그런데 그날 이후로 나는 말하고서 쓰는 구어 중심의 시 쓰기로 조금씩 바뀌게 되었다.

일단 종이에 시를 쓰기 전에 마음속으로 시 구절을 떠올린다. 그리고는 그 시 구절을 오랫동안 입속으로 외운다. 될수록 오래, 여러 차례 외우는 것이 좋다. 그렇게 되면 서로 어울리는 말끼리는 달라붙게 되고 어울리지 않는 말끼리는 멀어지게 된다. 끝내는 한쪽에서 떨어져 나가게 된다. 이것이 바로 언어의 자력磁力이다. 언어에도 상생相生과 상극相剋이 있다.

서로 어울리는 말끼리는 될수록 가깝게 하도록 도와야 하고 어울리지 않는 말끼리는 멀리 하도록 도와야 한다. 그래서 최상의 아름다운 언어 조합, 향기로운 언어 조합을 만들어 주어야 한다. 그것이 시인이 해야 할 일이다. 이렇게 상생을 늘리고 상극을 최대한 줄이는 언어 조합을 만들어 시를 이룰 때 정말로 감동적이고 독자들로부터 환영받는 좋은 시가 태어날 것이다. 이런 데서 시의 긴 생명력이 배태된다.

어쩌면 시를 쓴다는 것은 언어의 엔트로피Entropy, 무질서도를 줄이는 작업인지도 모른다. 오늘날까지 독자들에게 환영받는 명시들은 이렇게 언어의 상생력相生力을 한껏 드높인 작품들이라고도 할 수 있겠다. 그런데 오늘날 시단에 횡행하는 작품들, 더러는 우수작이라 평가받아 상까지 받는 작품들을 읽을 때 어떤가? 과연 언어의 엔트로피가 줄여진 작품인가? 아닌가? 여기에 시인들의 깊은 반성이 따라야 한다.

모국어, 어머니 입술로부터 혀로부터 가슴으로부터 배워서 익힌 말. 마음의 고향이고 영혼의 안식처인 말. 모국어를 한껏 아끼며 사랑하며 시를 쓰는 시인은 행복하다. 또한 그렇게 시를 써서 민족의 가슴에 마음의 보석과 재산으로 물려주는 시인은 위대한 일을 하는 사람들이다. 애국심도 시를 통해 고취되며 애향심, 가족애, 인간애도 시로 해서 길러진다. 그런 의미에서 조국의 독립을 잃은 상태에서 아름다운 모국어를 벼리고 벼려 절절이 가슴 울리는 시를 남긴 시인들은 애국자들이다.

불러 본다. 그 시인들의 이름과 작품들. 누구누구, 어떤 작품들인가. 김소월의 「초혼」, 한용운의 「님의 침묵」, 이상화의 「빼앗긴 들에도 봄은 오는가」, 심훈의 「그 날이 오면」, 이육사의 「청포도」, 윤동주의 「별 헤는 밤」. 그리운 이름 눈물겨운 작품들이여!

# 박용래

나태주

1. 술

술은 마음의 울타리

술 속에 작은 길이 있어

그 길을 따라 가 보면

조약돌이 드러난 개울

개울 건너 골담초 수풀

골담초 수풀 속에 푸슥푸슥

나는 동박새

스치는 까까머리 아기 스님 먹물 옷깃

누가 마음의 울타리를 흔드는가

누가 마음의 설렁줄을 당기는가.


2. 강경

안개비 뿌옇게 흐려진 창가에 붙어서서

종일 두고 손가락 끝으로 쓰는 이름

진한 잉크 빛 번진 서양 제비꽃, 팬지
입술이 갈라진, 가슴이 너울대는.


3. 오류동
방 안에 들었어도 퍼렇게 얼어죽은 삼동의 협죽도
쇠죽가마 왕겨불로 달군 방바닥은 등을 지져도
외풍이 세어서 휘는 촛불꼬리
들리지도 않는 부뚜막의 겨울 귀뚜라미 소리
찔찔찔찔 들린다 해서 잠들지 못하는
초로의 시인
윗목에 얼어죽은 제주도의 협죽도가
함께 불면증을 앓고 있었나
대전시 교외 오류동
삼동의 삼경, 귀를 세우고.

# 시의 연못에서 낚시질하기

　나는 15세에 시를 꿈꾸기 시작하여 26세에 시인으로 데뷔했다. 그리고는 28세에 첫 시집을 내고 나서 지금까지 35권의 시집을 냈다. 처음 데뷔하여 심사위원이었던 박목월 선생을 당시에 살고 계시던 '서울시 용산구 원효로 4가 5번지'의 댁으로 찾아가서 인사 드릴 때 선생은 나에게 작품 발표라든가 문단 활동에 대한 지침을 상세히 알려 주신 일이 있다. 그때 선생은 나에게 앞으로 시집을 낼 때는 이렇게 이렇게 하라는 말씀까지를 자세히 해 주셨다.

　그때 나는 속으로 '제가 어떻게 시집을 다 내겠습니까?' 그런 말을 되뇐 적이 있다. 그런데 이렇게 많은 시집을 내는 사람이 되었고 또 수천 편에 이르는 시를 쓰게 되었다. 그렇다면 그 많은 시들은 다 어디에 있다가 나온 것일까? 물론 내 몸속의 어디쯤 마음에 깃들어 있던 감정이며 생각이며 느낌들이 간결하고 짧은 언어의 옷을 입고 시라는 형식으로 나온 결과

이리라. 이럴 때 시는 하나의 꽃이라고도 볼 수 있겠다. 마음의 꽃이다.

우리들의 마음, 특히 감정이랄지 정서는 마치 땅에서 금방 펴낸 원유와 같이 혼합된 상태의 그 무엇으로 보인다. 일종의 카오스chaos다. 무질서와 혼돈의 상태. 그런 물질이거나 정신. 그러나 이것이 바로 무한한 가능성을 지니고 있다. 원유에서 경유나 휘발유를 얻기 위해서는 원유에 열을 가하여 증류시키는 과정이 있어야 한다고 한다. 그러면 열의 정도에 따라 차례대로 여러 종류의 기름이 나온다고 한다.

이를 시 쓰기에 견주어 본다고 해도 좋을 것이다. 원유는 우리의 감정이거나 느낌, 생각, 정서가 될 것이다. 이른바 시의 밑바탕이며 재료가 되는 요소들이다. 증류시키는 것은 감정을 언어로 바꾸는 과정에 비겨질 것이다. 약한 열을 가하면 가벼운 기름이 나오고 조금 강한 열을 가하면 좀 더 무거운 기름이 올라오는 것처럼 우리들 마음속 정서의 기름 탱크에서도 시인의 시를 쓰고자 하는 열도에 따라 무게와 순도가 다른 시가 올라오는 것이 아닌가 싶다.

오랫동안 시를 쓰면서 나는 '시심詩心 시양詩養 일체一體'란 말을 스스로 지어서 말한 일이 있다. 이것은 '시에 대한 순결한 마음을 늘 갖고, 그 시의 씨앗을 마음속에 간직하여 정성껏 기르며, 끝내는 시와 나 자신이 하나가 된다.'라는 뜻이다. 여기서 내가 주목하는 대목은 '시를 기른다.'이다. 아, 시도 길러야 되는 것이구나. 생명이 있는 것을 기르듯이 시도 기르는 것이구나.

그래서 또 나는 여기서 '시는 낳는 것이다.'라는 또 하나의 명제를 얻는다. 우리말은 참 오묘하다. 무언가를 생산한다는 뜻으로 사용되는 우리말 가운데는 '① 만든다, ② 짓는다, ③ 낳는다' 등 세 가지 말이 있다. 먼저 '만든다'는 생명이 없는 물건이나 공산품을 생산해 낼 때 사용되는 용어이고, '짓는다'는 옷이나 농작물이나 밥과 같이 인간의 의지가 조금 덜 작용하는 물건이나 대상을 지칭하는 경우이고, '낳는다'는 사람이 아기를 생산하거나 동물이 새끼를 생산할 때 쓰이는 말이다.

이 가운데 가장 거룩하고 아름다운 말은 단연 '낳는다'이다. 시를 두고 생각할 때 시를 생산하는 것을 우리는 '① 쓴다, ② 짓는다, ③ 낳는다' 등 세 가지로 생각할 수 있다. 비록 표현은 좀 어색하지만 시의 생산이나 시의 본질, 속성을 감안할 때 '낳는다' 쪽이 훨씬 더 설득력이 있다고 본다. 시는 일단 시인이 쓰면 스스로 생명력을 갖는다. 자생력이다. 독자들 속으로 들어간 시는 시인도 어찌할 수 없다. 스스로 성장하고 스스로 꽃을 피우는 생명체가 된다.

시를 길러서 낳는 그 어떤 생명체로 볼 때, 나는 가끔 또 시 쓰는 과정을 낚시질에 비겨서 생각해 보기도 한다. 우리들 마음은 하나의 저수지다. 물이 깊고 그 넓이가 넓은 저수지다. 어떤 부분은 일생 동안 바닥을 들여다볼 수도 없는 비밀한 공간이다. 거기에 온갖 물고기들이 살고 있다. 그것이 바로 시다. 낚시꾼들이 낚싯줄을 넣어 물고기를 잡듯이 시인들도 마음의 낚싯줄을 던져 시의 물고기들을 건져 올린다.

처음 시인은 미숙하므로 낚시에 걸린 물고기들을 모두 건져 올린다. 찌가 울었다 하면 채 올려 물고기를 끌어올린다. 그러나 이것은 좋은 방법이 못 된다. 충분히 자라지 못한 물고기들, 말하자면 시의 치어들까지 건져 올리는 결과가 되기 때문이다. 이래서는 안 된다. 미처 다 자라지 못한 시의 치어들은 살려서 보내 주어야 한다. 그리고는 기다릴 만큼 기다려 주어야 한다. 그러면 그 물고기가 충분히 자란 물고기가 되어 다시 낚싯줄에 걸린다. 그때 비로소 물고기를 건져 올리면 된다. 이렇게 하여 시인은 능숙해지면서 유용한 시의 낚시꾼이 된다.

앞에서 말한 대로 외워서 시를 쓰는 방법은 매우 유용하면서도 필요한 작업이다. 이것은 또 시의 연못에서 시의 물고기를 낚아 올리는 것과도 관련이 깊다. 시가 떠오르면 이내 시를 쓸 일이 아니다. 떠오른 시를 지그시 누르면서 한번 소리 내어 외워 본다. 이런 과정을 통하여 시인은 마음속으로 시의 몸통을 만져 본다. 실지의 손은 아니지만 마음의 손으로 시의 몸통을 만져 보는 것이다. 그러면 시가 어느 만큼 자랐는지 아닌지를 가늠해 낼 수 있다. 그런 과정을 통해 아, 자랄 만큼 자랐구나 싶으면 밖으로 꺼내는 것이다. 이것이 성공적인 시 쓰기이다.

# 선물

나태주

하늘 아래 내가 받은

가장 커다란 선물은

오늘입니다


오늘 받은 선물 가운데서도

가장 아름다운 선물은

당신입니다


당신 나지막한 목소리와

웃는 얼굴, 콧노래 한 구절이면

한 아름 바다를 안은 듯한 기쁨이겠습니다.

# 한마디 말로

예슬아. 앞에서 시 쓰기에 대해서 이런 말 저런 말을 들었다. 귀가 어지러울 것이고 마음 또한 혼란스러울 수가 있다. 다시금 공자님의 이야기를 좀 해 보자. 공자님은 시를 두고 또 이런 말씀을 남기셨다.

시경 삼백 편은 한마디로 말해 생각에 사특함이 없다는 것이다(詩三百, 一言而蔽之曰 思無邪).

－『논어(論語)』, 「위정(爲政)」편

여기서는 이 말씀의 뜻을 헤아리자는 데에 있지 않고 나도 공자님처럼 일언이폐지一言而蔽之하고, 즉 한마디 말로 시 쓰기에 대해서 이야기해 보고 싶어서다. 그렇다. 이런 말 저런 말 어지럽게 하지 말고 한마디로 시를 어떻게 썼으면 좋겠는가, 한마디로 얘기해 보자. 자신 없는 이야기지만 나는 이렇게 말을 한다. 너에게 참고가 되었으면 좋겠다.

시라는 문장을 어떻게 봐야 하는가? 좋은 시, 감동을 주는 시의 특성은 어떠해야 하는가? 여기에 대한 나의 말은 이렇다.

① 짧다(Short). ② 쉽다(Easy). ③ 간결하다(Simple). ④ 근본적인 내용을 담고 있다(Basic).

그러면 시를 어떻게 써야 할 것인가? 세상 어느 누구도 이에 대한 완전한 해답을 낼 사람은 없다. 다만 장님 코끼리 만지기 식의 대답이 있을 뿐이다. 어쨌든 시는 마음의 글이고 감정의 글이고 느낌의 글이다. 더 나아가 시는 토하는 글이고 쏟는 글이고 수직의 글이다. 외마디 소리 같은 글이 시이다. 어쩌면 마지막 유언 같은 글이 시일지도 모른다. 그러면 그런 시를 어찌 쓸 것인가?

① 길게 쓰지 말 것. ② 어렵게 쓰지 말 것. ③ 남의 눈치 보지 말고 쓸 것. ④ 억지로 멋지게 쓰려고 애쓰지 말 것.

아무리 도움말을 해 주어도 시 쓰기에 완전한 도움을 받지는 못한다. 도움말은 어디까지나 도움말이고 실지로 시 쓰는 일은 시 쓰는 일이기 때문이다. 기능적인 문제이긴 하지만 자전거 타기를 예로 들어 볼 때, 아무리 자전거 타는 것에 대해서 글로 배우거나 말로 들어서는 실지로 자전거 타기에 크게 도움이 되지 않는다. 역시 자전거 타기는 자기가 몸으로 타 보아야만 한다. 이것을 나는 '아는 능력'과 '할 수 있는 능력'이라고 말한다.

시 쓰기가 '아는 능력'이 아니라 '할 수 있는 능력'임은 두말할 것도 없다. 시를 아무리 오래 많이 써 본 사람도 시 쓰기에 대해 완벽하게 설명할 수는 없다. 그렇게 설명을 했다 해도 그것으로 또 완전한 효과를 볼 수는 없는 일이다. 세상 모든 일에 왕도王道가 없듯이 시 쓰기에도 왕도는 없다. 전문적인 시인도 시의 첫머리 앞에서는 번번이 긴장하고 망설이고 막막한 마음을 갖는다.

되풀이하는 말이지만 좋은 시를 쓰려면 책에 없는 내용을 알아야 한다. 지금까지 읽은 시 가운데 감동적인 시가 있었다면 그것을 잊어야 하고 좋아하는 시인의 시가 있었다면 그것도 버려야 한다. 더더구나 시에 대한 이론, 시 쓰기에 대한 이런저런 충고, 그 잔소리들을 깡그리 버려야 한다. 그리고는 홀로가 되어야 한다. 알몸이 되어야 한다. 그리고는 사막에 서 있는 사람처럼 막막해야 한다.

그리고는 자기 이야기에 침잠沈潛, 깊이 빠지는 것해야 한다. 자기 인생을 돌아보고 자기 추억에 주목하고 자기 인생의 필름을 돌려 보고 추억을 되새김질하고 해야 한다. 그래야만 자기 것이 나온다. 오직 글쓰기에 도움을 받을 것은 자기 것밖에는 없다. 나의 가족, 내가 좋아하는 사람, 내가 좋아하는 여러 가지 일들이 시의 근원이 된다. 우수마발牛溲馬勃, 소 오줌 말의 똥, 이 세상 잡다한 것들이라 해도 다른 사람의 것이 아니다. 나의 것이다. 나의 것 위에만 자라는 식물이 시인 것이다.

두려운 연못에 몸을 던지듯 시의 연못에 몸을 던져 젖은 몸으로 몇 가닥의 시를 건져 올려 나오는 과정이 시 쓰기 과정이다. 다시 시 쓰기는 우리네 인생과 같다. 사람들은 인생이 무엇인지도 모르면서 인생을 산다. 정말로 시인은 시 쓰기의 길이 무엇인지도 모르면서 시를 쓰는 사람들인지도 모른다. 어쨌든 시 쓰는 방법은 책으로 이론으로 배우는 것이 아니다. 몸으로 배우는 것이고 가슴으로 배우는 것이다. 오히려 책에서 배운 것을 잊어버리고 캄캄하게 다시 시작하는 것이 더욱 신선한 시를 쓰는 지름길이다.

오래전에 본 외국 영화 한 편이 있다. 「죽은 시인들의 사회」란 제목의 영화인데 그 영화에서 명문 사립고등학교의 영어교사인 존 키팅 선생은 그의 첫 번째 수업 시간에 시를 가르치면서 학생들에게 시에 대한 비평 이론을 서술한 교과서의 서론 부분을 찢어 버리라고 권한다. 그리고는 "카르페 디엠Carpe Diem", 즉 "현재를 즐겨라."라고 속삭인다. 어쩌면 이것이 시 쓰는 사람들이 받아들여야 할 첫 번째 과업이 아닐까 싶다. 역시 나의 시 쓰기는 그 누구의 방법도 아니다. 오직 나의 방법에 의한 나의 것일 수밖에는 없는 일이다.

✳　✳　✳

어쩌네 어쩌네 그래도 시 쓰기에서 가장 소중한 것은 '나'와 '근본'과 '단순성'을 잃지 않는 것이다.

# 낙화

이형기


가야 할 때가 언제인가를
분명히 알고 가는 이의
뒷모습은 얼마나 아름다운가.


봄 한 철
격정을 인내한
나의 사랑은 지고 있다.


분분한 낙화……
결별이 이룩하는 축복에 싸여
지금은 가야 할 때,

무성한 녹음과 그리고

머지않아 열매 맺는

가을을 향하여

나의 청춘은 꽃답게 죽는다.


헤어지자

섬세한 손길을 흔들며

하롱하롱 꽃잎이 지는 어느 날


나의 사랑, 나의 결별,

샘터에 물 고이듯 성숙하는

내 영혼의 슬픈 눈.

# 시인을 찾아오는 시

시를 쓸 때, 심지어는 이쪽에서는 쓰기 싫은데 그 어떤 힘에 끌려 억지로 시를 쓸 때도 있다. 그 힘이 내부에서 나오든 외부에서 오든 상관없다. 그것은 시인의 직접적이고 순간적인 의지나 노력과는 무관한 것이다. 좋아하는 사람 앞에 한꺼번에 무너져서 굴복해 버리듯 시인은 시 앞에 무너져서 시를 받아들일 수밖에는 없는 일이다.

시인은 시의 막강한 힘을 인정해야 한다. 무형의 것, 추상의 것이지만 시에게는 그런 힘이 있다. 이렇게 시 쓰기에는 시인이 시를 찾아가는 경우가 있고 시가 시인을 찾아오는 경우가 있을 수 있겠다. 가장 좋기로는 시인과 시가 서로 찾아가다가 중간 지점 어니쯤에서 문득 만나는 케이스다. 그야말로 그것은 시에게 절묘한 운명적 찬스를 제공할 것이다.

시인이 시를 찾아갈 때 주로 하는 방법은 종이 위에 시를 쓰는 방법이고, 시가 시인을 찾아오는 방법은 입으로 외워서 쓰는 방법이다. 그러나 나는 두 가지 방법을 함께 동원하는 편이다. 일단 시가 떠오르면 서둘러 종이 위에 시를 쓰지 않고 입으로 쓰고 그것을 가슴 위에 적는다. 그래서 입술이 받아 주고 가슴이 인정해 주면 비로소 종이 위에 옮겨 적는다.

길을 걸으면서도 나는 시를 생각하고 자동차를 타고 다닐 때나 화장실이나 목욕탕 안에서도 시를 생각한다. 심지어는 꿈속에서까지 시가 떠오를 때가 있다. 가장 많게는 자전거를 타고 다닐 때다. 씽씽 달리다 보면 어느새 시가 찾아와 내 어깨를 툭툭 친다. 신나는 일이다. 그러면 그 시를 맞아들여 입으로 외우고 또 외운다. 그러다가 적당한 지점에 자전거를 세우고 노트에 베끼기도 한다. 이런 때 나는 철저히 받아쓰기 하는 초등학생 수준이다.

그렇지만 시가 쉽게 찾아오지 않을 때도 있다. 그럴 때는 어쩔 수 없는 일이다. 참을성 있게 오래 기다려야만 한다. 이렇게 나의 시 쓰기, 시를 생각하는 시간은 시를 불러들이거나 시가 찾아오기를 기다리는 시간이다. 그런 의미에서 시인은 또 다른 주술사呪術師라 할 수 있겠다.

# 나룻배와 행인

한용운

나는 나룻배
당신은 행인.

당신은 흙발로 나를 짓밟습니다.
나는 당신을 안고 물을 건너갑니다.
나는 당신을 안으면 깊으나 옅으나 급한 여울이나 건너갑니다.

만일 당신이 아니 오시면 나는 바람을 쐬고 눈비를 맞으며 밤에서 낮까지 당
신을 기다리고 있습니다.
당신은 물만 건너면 나를 돌아보지도 않고 가십니다그려.
그러나 당신이 언제든지 오실 줄만은 알아요.
나는 당신을 기다리면서 날마다 날마다 낡아갑니다.

나는 나룻배
당신은 행인.

# 시 쓰기에 실패했을 때

    오랫동안 시를 써 온 사람이라고 해서 항상 시 쓰기가 만만하고 쉬운 것은 아니다. 가끔은 시 쓰기가 싫은 때가 있고 두려워지는 때도 있다. 쉬고 싶은 때도 있고 도망치고 싶은 때도 있다. 그렇지만 가장 곤란한 때는 시를 쓰다가 실패했거나 맘에 안 드는 시가 써졌을 때이다. 그런 때는 어떻게 해야 하나? 흔히 퇴고해야 한다고 말을 한다. 글을 고친다는 말이다.

    나의 경우는 이 퇴고란 것도 글의 종류마다 다르고 맘에 안 드는 정도나 실패 정도에 따라 다르다. 시의 경우, 나는 아예 먼저 쓴 것을 버리고 다시 쓰거나 그만두는 쪽으로 간다. 이런 얘기를 하기 전에 글문장의 특성에 대해서 좀 말할 필요가 있다.

    세상의 모든 문장은 운문과 산문으로 되어 있다. 이 중에 시를 운문이라고 하는데 이 말은 시에 운율이 있다는 데서 비롯된 말이다. 그러나 오늘날 시는 운율을 중시하지 않는다. 그래도 시를 시 아닌 것이라고는 말하지 않는다. 거기에는 시가 산문의 다른 영역 문학작품과는 많이 다른 특성을 지니고 있기 때문이다.

실질적으로 문인들의 세계, 문단에는 시인, 소설가, 수필가, 희곡작가, 평론가가 있다. 물론 이 가운데 시를 쓰는 사람이 시인이다. 문학의 분야, 즉 장르별로 나눌 때도 이에 준하여 시, 소설, 수필, 희곡, 문학평론이라고 말한다. 이 가운데 문학평론은 문학작품을 글의 소재로 삼기 때문에 2차 생산이라 할 수 있고 때로는 학문의 영역으로 보기도 한다. 그리고 희곡은 연극을 위한 실용품이긴 하지만 이야기 글이란 점에서 소설에 포함시킬 수도 있다.

이렇게 되면 결국 ① 시, ② 소설, ③ 수필만 남게 된다. 그래서 국제펜클럽도 시인, 소설가, 수필가로 구성되어 있는 것이다. PEN이라는 단체 이름도 글씨를 쓰는 펜Pen을 뜻하기도 하지만 실은 이것은 시인Poets과 수필가Essayists와 소설가Novelists의 머리글자를 따서 만든 이름이다. 그래서 영문 글자를 각각 대문자로 써 주어야 하는 것이다.

시 쓰기, 수필 쓰기, 소설 쓰기가 어떻게 다른가? 쉽게 말해, 시는 그 소재가 감정이고 수필은 생각이며 소설은 이야기사건, 사람이다. 그러므로 글을 쓸 때도 접근 방법이 다르다. 산문에 속하는 수필이나 소설은 글쓰기 전에 사전 설계가 가능하다. 그러나 시는 결코 사전 설계나 계획이 가능하지 않다. 그 대상이 감정인데 이것은 실지로 시 쓰기를 할 때는 감흥으로 나타난다.

감흥은 매우 가변적인 것이어서 조심스럽게 다루어야 한다. 시를 쓰는 동안 가장 중요한 일은 이 감흥(시상이라고 해도 좋을 것이다.)이 죽지 않도록 보존하는 일이다. 그것은 가물거리는 촛불과 같다. 가령, 밥 먹기 전에 시를 쓰기 시작했다가 밥 먹고 나서 시 쓰기를 계속 했다 하자. 백발백중 실패다. 일단 시 쓰기는 시작했다 하면 끝까지 가야 한다. 앞에서 말한 대로 시 쓰기의 재료가 감정(감흥, 정서)이기 때문이다.

감정은 정말로 변덕이 심하고 잘 삐치는 인간과 같다. 잘못 다루면 절대로 안 된다. 조심조심 곱게 다루어야 한다. 시 쓰기를 할 때 시인 맘대로 쓰는 것 같지만 절대로 아니다. 오히려 감정 맘대로 쓰고(끌고 가고), 시인은 그 감정을 따라가야 한다. 감정이 시키는 일을 하는 하수인에 지나지 않는다. 시 쓰기의 실제 과정에서는 시인보다 감정이 우선적이고 주도권을 잡는다.

그러므로 시 쓰기에는 설계나 미리 하는 작정이 있을 수 없다. 쓰는 과정에서 얼마든지 다른 말, 다른 표현, 다른 이미지가 튀어나오기도 하고 사라지기도 하는 것이 시 쓰기이다. 시인은 일렁이는 커다란 바다 위에 떠 있는 조그만 배와 같다. 순간순간 대처하고 결정하고 파도를 헤쳐 나가야 한다. 일렁이는 바다가 바로 시를 낳게 해 주는 감흥이고 시의 모태가 되는 감정세계이다. 그런 점에서 시의 문장은 럭비공과 같다 하겠다. 어디로 튈지 모르기 때문이다.

수필이나 소설 쓰기가 조소나 조각과 가깝다면 시 쓰기는 도자기 만들기에 더욱 가깝다. 도공이 물레 위에 진흙을 올려놓아 가며 물레를 돌려 그릇을 만드는 과정을 상상하면 된다. 그것은 진흙과 물레의 회전속도와

도공의 손놀림의 협동이다. 이때 그릇이 잘못 만들어지면 어찌하는가? 도공은 단연코 부수고 다시 만든다. 시의 경우도 마찬가지다. 일단 쓰다가 실패했을 때는 그 작품을 버리는 것이 상책이다.

그러므로 퇴고란 말도 시에서는 제한적이다. 시가 완성된 다음 일부를 손보는 것이 시의 퇴고다. 단어의 교체, 행 가름의 조정, 월점, 한두 행의 삽입이나 삭제나 수정, 그 정도에 그쳐야 한다. 절반 정도를 고친다든가, 고치고 고쳐서 애당초 작품과는 전혀 다른 어떤 형태의 작품으로 이끌고 간다는 것은 패착이다. 매우 위험스런 사태다.

그런 작품들은 평론가에게는 환영을 받겠지만 일반 독자들에게는 환영받지 못할 것이다. 평론가들에게는 시빗거리를 제공함으로 그럴 것이고 일반 독자들에겐 억지스러움으로 비쳐질 것이기에 그럴 것이다. 어쨌든 시는 나도 모르게 벼락같이 찾아오는 손님과 같다. 때로 시는 신이 주시는 선물이다. 생명이 피우는 순간의 불꽃이다. 그러기에 쓰윽 써진 시가 잘 빠진 시가 되고 독자에게 좋은 평가를 받는 시가 되기도 한다.

✳ ✳ ✳

"분명하게 글을 쓰는 사람에겐 독자가 모이지만 모호하게 글을 쓰는 사람에겐 비평가가 몰려든다." 이것은 프랑스의 소설가 카뮈의 말이고, 다음의 말은 미국의 소설가 헤밍웨이의 말이다. "읽기에 쉬운 글이 쓰기는 어렵다." 시 쓰는 사람들이 오래 마음속에 새겨 둘 말이다.

# 그리움

유치환

파도야 어쩌란 말이냐
파도야 어쩌란 말이냐
임은 뭍같이 까딱 않는데
파도야 어쩌란 말이냐
날 어쩌란 말이냐

2006.

# 시 쓴 뒤에

# 시인과 화가

예술은 서로 다른 분야의 작품이나 작가한테서 자극을 받고 도움을 받는다. 시와 가장 가까운 예술 분야는 미술이다. 그다음은 음악이다. 젊은 시절부터 나는 시와 함께 그 두 분야에 관심이 많았다. 특출한 재능이 있어서가 아니다. 그냥 좋았다.

그러면서 나는 알게 되었다. 그림은 시인에게 직관력과 구성력을 선물하고, 음악은 시인의 영혼을 한없이 깨끗하게 정화시켜 주면서 단아한 형식미에 눈뜨게 한다는 것을. 가끔 시인이 되겠다는 사람이 찾아오면 어떤 시인을 읽었으며 어떤 화가와 어떤 음악을 좋아하는지 물어본다. 그러면 그 사람의 예술적 좌표가 짚어진다.

동서양을 막론하고 시인과 화가는 친밀했다. 그 둘을 겸한 경우도 많다. 중국 시인 왕유는 아예 남종화의 시조이며 일본의 하이쿠 시인 요사 부손도 시와 함께 그림에 능했다. 서양의 앙리 미쇼는 시와 그림에 족적이 분명했고 윌리엄 블레이크는 종합예술가로서 화가였으며, 시인이나 작가로 알려진 칼릴 지브란, 헤르만 헤세 그리고 인도의 시성 타고르도 훌륭한 겸업 화가였다.

헤르만 헤세의 『방랑』이라는 조그만 시화집. 그 책 속에 들어 있는 시인의 수채화는 얼마나 담백하면서도 간결하여 그리움을 불러내는 것이었던지! 그래서 그것은 지금도 내가 가끔 꺼내서 읽는 책이 되고 있다.

"내 귀는 한 개의 소라 껍데기 / 항상 바다 물결 소리 그리워 운다." 「귀」라는 아름다운 시로 기억되는 장 콕토 같은 사람은 재주도 많아 시인, 소설가, 극작가, 연출가를 한꺼번에 안고 살았으며 독특한 화가이기도 하여 생전에 스스로 세운 미술관이 프랑스 망통이란 곳에 있어 세계의 관광객을 부르고 있다고 한다.

괴물화가 천재화가 파블로 피카소. 그가 시인과 친했다는 것은 잘 알려져 있지만 그 자신도 한 시절 시인이었다는 사실을 아는 사람은 그다지 많지 않다. 생애의 14년 동안 그는 아예 그림을 휴업하고 시만을 써서 340편이라는 막대한 시를 남겼으며 또 여러 편의 희곡을 쓰기도 했다.

피카소와 친했던 시인으로는 폴 엘뤼아르와 앙드레 브르통, 기욤 아폴리네르 등 여럿이다. 아폴리네르에게 여성 화가이며 시인인 마리 로랑생을 소개해 준 사람도 피카소. 그래서 그들은 5년 연애 끝에 종말을 맞고 이별의 아픔을 아폴리네르는 그 유명한 시, 「미라보 다리」로 남겼다.

피카소에게 무엇보다 중요했던 건 시인적 감각을 타고 났다는 점이다. 이러한 시인적 감각이 그의 숱한 그림과 도자기에 아로새겨져 있다. 심지어 브르통은 피카소를 향해 '시인 피카소'란 말을 서슴지 않았고 평생의 지기 엘뤼아르는 '게르니카의 비극'을 맞아 피카소와 함께 시와 그림으로 협업했다. 시인은 화가에게 편지로 이렇게 쓰기도 했다. "한 폭의 그림 앞에 설 수 있는 시인처럼 그는 한 편의 시 앞에서 설 줄 아는 사람이다."

우리나라의 경우 문인화文人畫의 전통은 시와 그림과 글씨를 나란히 만나게 해 주었다. 아무래도 문인화의 절정은 추사 김정희다. 그는 제주도 유배 시절, 갈필渴筆로 「세한도」란 명작을 남기기도 했다. 또한 단원 김홍도는 말년에 중국 시인 구양수의 「추성부秋聲賦」란 글에서 화제畫題를 얻어 「추성부도秋聲賦圖」를 그렸는데 지금도 그 그림을 보면 소슬한 가을 소리가 귀에 들리는 듯하다.

현대로 와서 시인 이상과 화가 구본웅, 시인 구상과 화가 이중섭의 우정은 매우 아름다운 것이었고, 서양화가 수화 김환기의 시인 사랑은 별난 바가 있었다. 그는 서정주의 시를 화면 속에 써넣기도 했고 외롭게 지내던 미국 뉴욕에서의 생활 중 오랜 친구 김광섭의 「저녁에」란 시를 읽고 그 시의 한 구절을 빌려 「어디서 무엇이 되어 다시 만나랴」라는 이름의 대작을 남기기도 했다.

시인 가운데 이제하, 김영태는 미술대학 출신의 겸업 시인들이었고 조병화 시인 또한 전문화가 못지않은 수준의 그림을 남겼다. 이렇듯 시인과 화가는 친한 자리에 있었으며 상호 자극을 주고받았고 도움을 받았다. 그림과 음악을 전문으로 하지 않더라도 시인은 즐겨 그림을 보고 음악을 들어야 할 일이다. 시인에게 있어 그림과 음악은 휴식이요 여행이요 별미로서의 영혼의 양식이다. 직접적인 것은 아니라 해도 영감이나 소재를 얻을 수 있고 시인의 토양을 습윤하게 할 수 있다. 뒤에 나는 이런 시를 쓰기도 했다.

그리운 날은 그림을 그리고
쓸쓸한 날은 음악을 들었다

그리고도 남는 날은
너를 생각해야만 했다.

-「사는 법」 전문

# 저녁에

김광섭

저렇게 많은 별 중에서
별 하나가 나를 내려다본다
이렇게 많은 사람 중에서
그 별 하나를 쳐다본다

밤이 깊을수록
별은 밝음 속에 사라지고
나는 어둠 속에 사라진다

이렇게 정다운
너 하나 나 하나는
어디서 무엇이 되어
다시 만나랴

# 일상의 발견

우리네 삶의 나날은 매우 반복적이고 습관적이다. 그날이 그날인 것 같은 것이 우리네 삶이고 생활이다. 사람들은 그래서 자주 매너리즘에 빠지고 권태감을 느끼고 낡은 인생을 산다. 솔잎같이 많은 날 뭘 그리 서두르는가. 그런 만만디의 생각으로 무심하게 사는 것도 바로 이런 매너리즘과 삶의 권태에서 오는 좋지 않은 발상이다.

그러면 정말로 그런가? 정말로 자기 인생이 그렇게 따분하고 지겨운 사람은 한번쯤 자기의 인생과 삶을 스톱시켜 놓고 고요히 들여다보면서 잘 살펴볼 필요가 있다. 무엇보다도 먼저 그런 사람은 사물의 유일성과 순간성과 변화성에 눈을 떠야만 한다. 세상엔 그 무엇도 똑같은 것은 없다. 다만 똑같은 생각이 있을 뿐이다. 그리고 세상엔 그 무엇도 변화하지 않는 것은 없다. 모든 것은 변화하고 순간의 존재만이 분명하고 영원하다.

아, 여기서 전율이 올 것이다. 잘못 살았다는 반성이 오고 모든 것들이

확 달라질 것이다. 지금까지 헐겁게 보고 듣던 것들이 꽉 조여짐을 느낄 것이다. 이것도 새로운 탄생이고 발견이다. 그렇게 어느 날 갑자기 어느 순간에 햇빛이 다시금 눈을 뜨고 꽃과 새소리 또한 전혀 새롭게 우리에게로 온다. 이러한 과정 속에서 우리는 순간순간 다시금 태어나는 생명이 된다.

몇 해 전, 우연한 기회에 어떤 사람의 하우스 콘서트에 초청받은 일이 있다. 그는 대학교 교수이며 건축가인 사람. 계룡산 기슭에 작업실을 짓고 작업을 하면서 해마다 자기 집에 지인들을 불러 모아 하우스 콘서트를 마련하고 있었다. 그날 그에게서 들은 이야기는 나에게 조그만 충격을 주었다.

자기 동서되는 사람이 스위스 남자라고 했다. 그가 한국의 가을에 누렇게 벼가 익은 들판에 반해서 한국에서 여러 해 눌러살다가 결국은 한국 여자와 결혼도 했다는 사연이다. 나는 그 이야기를 들으며 자신을 돌아보았다. 지금껏 나는 한 번이라도 우리나라 가을의 누렇게 익은 가을 들판을 눈여겨 바라보아 준 일이 있었던가.

또 스위스란 나라는 어떤 나라인가. 관광 천국이며 알프스 산기슭에 있는 나라, 그림엽서에서나 만날 수 있는 나라가 아닌가. 나 어려서 초등학교 4학년일 때, 유네스코 운크라에서 만든 그 푸르딩딩한 마분지의 사회과 교과서에서 배운 스위스다. 자라서는 기어코 그 나라에 한번 가 보리라 소원을 세웠고 딸아이가 대학에 들어가면 같이 한번 가 보리라 했지만 끝내 그 일을 이루지 못한 스위스다. 그런데 그 나라의 청년이 거꾸로 우리나라의 가을 벼 익은 들판에 반했다 하지 않는가.

그 뒤로 나는 가을만 되면 벼가 익어 가는 들판을 유심히 바라보는 사람이 되었다. 정말로 그건 너무나도 아름답고도 눈물겨운 풍경이었다. 해가 넘어갈 무렵 서쪽 방향으로 바라보는 모습이 더욱 좋았다. 가슴이 저려 오는 듯한 절절한 느낌도 받는다. 그런 느낌 속에는 그 벼들을 저토록 아름답게 가꾼 농부의 마음이며 노고까지가 고스란히 녹아 있어 더욱 그러 하리라.

문제는 바라보는 사람의 눈이요 마음이다. 무엇이든 새로운 눈과 마음으로 바라보면 새로운 것이고 낡은 눈과 마음으로 바라보면 낡은 것이다. 그러므로 우리는 늘 새로운 마음, 새로운 눈을 마련하여 세상을 바라볼 필요가 있다. 그것도 하나의 노력이다. 시 쓰는 사람은 더욱 그러하다. 시 쓰는 사람에게 지겨운 하루하루란 없다. 날마다 날마다가 새롭게 태어나는 하루하루일 뿐이다. 그렇게 새롭게 태어나는 하루하루 속에 시인 또한 새로운 한 사람으로 선다.

\* \* \*

그러나 시인이 세상을 새롭게 바라보고 스스로 새로워지는 데 사랑하는 일보다 더 좋은 일, 가까운 길은 없다. 사람을 사랑하고 그리워하고 기다리는 일은 두말할 것도 없고 꽃이나 새, 산이나 구름, 바람이나 풀이나 바위나 돌, 좌우지간 물건이든 자연이든 생물이든 무생물이든 책 속의 기록이나 인물이나 예술품이거나 가릴 것 없이 사랑하고 그리워하고 기다리는 일은 좋은 일이다.

분명코 그런 것들이 그에게 새로운 시, 빛나는 시를 약속해 줄 것이다. 그러므로 시인은 억지로라도 사랑하고 또 사랑해야 한다. 사랑도 연습이고 노력이다. 시인에게 사랑은 가장 큰 선물이고 그리움은 의외의 보너스요 기다림 또한 차선의 선물이다.

＊　＊　＊

일찍이 중국 송나라 때 소강절邵康節이라는 시인은 사람의 복을 열복熱福과 청복淸福으로 나누어 이야기했다. 열복은 우리가 보통 말하는 복이다. 성공과 출세와 재물을 얻는 것이 여기에 속한다. 그리고 청복은 '일상의 사소한 것들한테서 청아한 행복을 얻는 복'이라고 말했다. 내가 말하는 일상의 발견이 바로 여기에 속한다.

흔히 사람들은 복이라고 말하고 행복이라고 말하면 어디 깊은 금고 속에 숨겨 놓거나 높은 다락에 올려놓은 것인 줄로만 안다. 그래서 아무나 쉽게 얻을 수 있는 것이 아니라고 생각하고 미리부터 포기하려고 한다. 아니다. 정말로 그런 건 아니다. 복이라든지 행복이란 것은 의외로 우리들 가까이에 있다. 시도 마찬가지다.

공연히 멀리에서 그것들을 찾으려 하지 말 일이다. 우리들 가까이에 이미 있는 것들 가운데 소중한 것들이 숨어 있고 행복이 숨어 있다. 복이 숨어 있다. 소소한 것들의 아름다움과 소중함. 그것을 찾아야 한다. 이것도 하나의 발견이라고 나는 말한다. 시도 이렇게 우리들 가까이에 숨어 있는 것들 가운데 소중한 것들을 찾아내는 과정에서 저절로 쓰일 것으로 믿는다.

앞에서 말한 소강절이란 사람은 이러한 마음을 다음과 같은 시로 쓰기
도 했다.


달은 하늘 깊은 곳에 이르러

새벽을 달리는데


어디선가 바람은 불어와

물 위를 스쳐 지나가네


이 너무나도 사소하지만

맑은 의미 지닌 것들이여!


아무리 주변을 둘러보아도

아는 이 별로 없네.


- 「맑은 밤의 시」 전문


⟨원시⟩

月到天心處 / 風來水面時 / 一般淸意味 / 料得少人知

# 만약에 내가

에밀리 디킨슨


만약에 내가 한 사람의 가슴앓이를

멈추게 할 수 있다면

나 헛되이 사는 것은 아니리


만약에 내가 누군가의 아픔을

쓰다듬어 줄 수 있다면

혹은 고통 하나를 가라앉힐 수 있다면

혹은 기진맥진 지친 울새 한 마리를

제 둥지로 돌아가게 할 수 있다면


나 지금 헛되이 사는 것은 아니리.

# 금잔옥대

한자로 된 말이지만 '금잔옥대金盞玉臺'란 말은 느낌이 매우 아름다운 말이다. 금으로 된 잔에 옥으로 만든 잔 받침이란 뜻인데 어쩐지 두 가지가 서로 잘 어울리는 것 같고 매우 귀한 것 같은 느낌을 준다. 하기는 쇠붙이 가운데 가장 값나가는 것들이기 때문에 그러기도 할 것이다.

그러나 이 말의 쓰임은 애당초 광물에 있지 않고 수선화의 아름다움을 나타내는 데에 있다. 그것도 우리나라 남쪽 섬인 제주도와 거문도에 자생하는 섬수선화를 설명하는 말로 사용된다. 지난해2014년 나는 제주도에 문학 강연을 갔다가 추사 선생이 9년 동안이나 위리안치圍籬安置, 죄인이 달아나지 못하도록 가시로 울타리를 만들어 가둠되어 귀양살이를 했던 대정마을을 찾아가 본 일이 있다.

2월 중순인데도 벌써 수선화가 피어 있었다. 추사 선생이 귀양 와서 보고 아끼며 글과 그림으로 나타냈던 그 금잔옥대의 수선화였다. 의외로 꽃이 크지 않았다. 그냥 야생의 꽃이었다. 길바닥이며 밭 귀퉁이에 지천으로 피어 있었다. 아, 그래서 추사 선생은 그 귀한 꽃, 수선화를 제주도 사람들은 소나 염소의 먹이로 쓴다고 개탄하신 게로구나.

꽃의 규모는 작지만 매우 야무딱스럽고 예뻤다. 꽃을 보자 대번에 금잔옥대 그 말이 떠올랐다. 여섯 개의 새하얀 꽃잎은 사실은 꽃받침이다. 그 안에 황금빛으로 빛나는 꽃송이가 마치 찻잔처럼 오똑하니 세워져 있다. 품위가 절로 느껴진다. 그러기에 또 추사 선생은 중국 청나라에서 처음 본 이 꽃을 제주도에서 다시 보고 좋아라 마음의 벗으로 삼았을 것이다.

금잔옥대. 금잔에게는 옥대가 필요하고 옥대에는 또 금잔이 있어야 한다. 그 둘의 어울림. 운명적 어울림이다. 시의 문장에서도 이같은 어울림이 있어야 한다. 어떤 시든지 잘 찾아보면 금잔 부분이 있기 마련이다. 주로 키워드가 들어간 부분이거나 중심의 정서나 생각이 들어간 부분이다.

그렇다고 다른 부분의 문장은 필요 없는가? 아니다. 금잔도 있어야 하지만 옥대도 있어야 한다. 중요한 것은 금잔을 얼마만큼으로 하고 옥대를 얼마만큼 남길 것인가 하는 것이다. 역시 이것도 실지로 시를 읽어 보아야 할 일이고 사람마다 다른 답을 낼 소지가 있는 문제이다.

다음의 시, 「국화 옆에서」를 읽을 때 어느 연이 금잔 부분일까? 누구는 1연이나 2연을 말할지도 모른다. 그러나 나에게는 단연코 3연 부분이다. "그립고 아쉬"운 것이 인생이다. 그 인생길에서 만난 "내 누님 같이 생긴 꽃"이 바로 국화꽃이고 또 인생 그 자체가 아니겠는가. 읊조리듯 눈을 감고 시를 외워 볼 일이다.

# 국화 옆에서

서정주

한 송이 국화꽃을 피우기 위해
봄부터 소쩍새는
그렇게 울었나 보다.

한 송이 국화꽃을 피우기 위해
천둥은 먹구름 속에서
또 그렇게 울었나 보다.

그립고 아쉬움에 가슴 조이던
머언 먼 젊음의 뒤안길에서
인제는 돌아와 거울 앞에 선
내 누님같이 생긴 꽃이여.

노오란 네 꽃잎이 피려고

간밤엔 무서리가 저리 내리고

내게는 잠도 오지 않았나 보다.

# 찰칵

살면서 내가 제일 관심 갖는 것 가운데 하나가 시간이다. 이 세상은 시간이란 가상의 존재가 다스리는 영토. 어떠한 존재든 시간에 따라 변화하게 되어 있다. 사라지게 되어 있다. 인간이라고 해서 시간의 제약이나 지배를 벗어 날 수 있는 건 아니다.

어떻게 하면 이러한 시간의 제약을 뛰어넘을 수 있을까? 조금이나마 거기에 대한 보완책으로 나온 것이 문자이고 또 예술 행위이다. 이에 대한 가장 중요한 방책 가운데 하나가 바로 사진이다. 시간이 지난 뒤에 남는 것은 사진밖에 없다. 사진을 보면 잃어버린 시간을 되찾을 수 있다.

오래전부터 나는 사진기를 마련하여 사진을 찍어 왔다. 필름 카메라 시절을 거쳐 디지털카메라 시절로 오면서 사진 찍기나 보관이 더욱 편리해져서 얼마나 좋은지 모른다. 예쁜 것이나 좋은 것을 보았을 때 여지없이 그것을 카메라에 담는다. 사람들과의 좋은 만남에는 이 사진 찍기가 빠지지 않는다.

슬아. 너를 만나고 나서 제일 많이 너를 귀찮게 한 것은 나의 이 사진 찍기 버릇이었을 것이다. 얼마나 여러 차례 너의 모습을 사진기에 담았는지 모른다. 네가 많이 귀찮고 싫증이 났을 것이다. 그런데, 그런데 말이다, 슬아. 그렇게 많이 너의 사진을 찍었어도 너의 모습을 완벽하게 찍은 것은 아니다. 가끔은 내가 놓치는 너의 모습이 있었다. 물론 너 자신은 그런 너의 모습을 더욱 짐작하지 못했을 것이다.

가령, 어느 날 오전 의자에 비스듬히 앉은 네가 한 손으로 머리칼을 쓸어 올리며 허공을 바라보고 있을 때. 누군가와 만나 새하얀 치아를 살짝 드러낸 채 웃으면서 이야기를 하고 있을 때. 고개를 외로 꼬고 엷은 미소를 머금은 채 핸드폰을 들고 거기에 열심히 문자를 찍어 넣을 때.

그것은 너무나 아름다운 모습이다. 지상에 없는 그 어떤 꽃이고 보석이다. 그런 때 나는 전율하듯 놀라며 저 모습, 그래 저 모습이야, 마음속으로 부르짖는다. 얼마나 예쁘고 매력적인 모습인지 모른다. 차라리 고혹적이라고나 할까. 그 모습이 사라지기 전에 카메라에 담아야 하는데, 조바심을 해 보지만 내게는 별달리 방법은 없다.

매우 안타깝고 답답한 노릇이다. 이럴 때는 그냥 눈동자 안에 너의 모습을 담아 둘 수밖에는 없는 일이다. 이럴 때 나의 눈으로 사진을 찍을 수 있다면 얼마나 좋을까? 찰칵! 고운 너의 모습이 나의 눈 안에 들어와 사진이 되는 소리다. 이런 안타까움과 답답함이 가끔은 시를 쓰게도 한다. 하나의 상실이 다른 하나를 보충해 주는 경우이다.

오직 순간의 아름다움만이 인간을 생명답게 하고 영원한 존재로 이끌어 준다. 모든 예술품들은 순간에 사라지는 아름다움이나 생명, 사물들을 오래 붙잡아 두기 위한 인간의 안타까운 노력의 결과물이다. 우선적으로 사진이 그렇고 그림이 그렇다. 뿐더러 음악도 소리의 아름다움을 통한 인간의 정서를 좀 더 오래 지속하기 위한 애씀이고 우리가 지금 말하고 있는 시 형식 역시 언어를 가지고 인간의 사랑과 꿈을 좀 더 오래 꽃피우기 위한 눈물겨운 몸부림 그것이다.

　시인이여! 그대 영원을 꿈꾸는가? 시간과 생명의 유한을 넘어 먼 나라를 진정 보고 싶은가? 그렇다면 순간순간에 주목하고 순간의 아름다움, 그 불꽃을 놓치지 말라. 생명은 영원이 아니다. 순간이다. 순간만이 생명이며, 순간만이 우리가 기억하고 기념해야 할 영원이다. 오직 순간의 아름다움만이 인간을 생명답게 하고 영원한 존재로 이끌어 줄 것이다.

＊　＊　＊

　가끔 자동차를 타고 여행할 때, 차창으로 보이는 풍경이 아연 나를 긴장시키고 안타깝게 만들 때가 있다. 빠르게 스치는 차창으로 보이는 산의 모습이 그것이다. 산의 봉우리, 봉우리의 능선, 그것이 특별히 예쁜 산이 있다. 하나의 봉우리만이 아니라 여러 개의 봉우리가 어울려 있을 때는 더욱 그럴듯하게 보일 때가 있다.

　아, 저건데 그러면서 서둘러 가방에서 카메라를 꺼내어 셔터를 켤 때는 이미 산은 그 모습이 아니다. 운 좋게 한 컷 찍는다 해도 처음 내 눈으로 확인한 그 산의 모습은 결코 아니다. 풍경은 대상도 중요하지만 바라보는 방향과 위치가 더 중요하다. 방향과 위치에 따라 얼마든지 다르게 보일 수 있다.

어쩐다? 이때에도 어쩔 수 없이 눈으로 사진을 찍고 가슴으로 그림을 그릴 수밖에는 없는 일이다. 세상에 어찌 안타까운 일이 한두 가지겠는가. 나처럼 시를 쓰는 사람은 남들이 보지 못하는 것까지 보아 내면서 그것에 대해서 안타까워하고 힘들어하는 엉뚱한 사람이다. 시인은 어쩌면 그러한 자기 자신을 아끼고 소중히 여기는 사람이 아닐까 싶기도 하단다.

# 사랑에 답함

나태주

예쁘지 않은 것을 예쁘게
보아주는 것이 사랑이다

좋지 않은 것을 좋게
생각해주는 것이 사랑이다

싫은 것도 잘 참아주면서
처음만 그런 것이 아니라

나중까지 아주 나중까지
그렇게 하는 것이 사랑이다.

# 퐁당

오래된 연못이어 개구리 뛰어드는 퐁당 물소리

한 줄짜리 이 글은 일본의 독특한 시가詩歌 형식인 하이쿠이다. 무엇이든 작게만 만드는 일본인들의 특성이 가장 잘 나타나 있는 본보기다. 그래서 하이쿠는 세계에서 가장 짧은 시가가 되었다.

딱 한 줄이다. 문장부호도 없고 제목도 없고 5, 7, 5 음수율을 밟아 단 17자가 시의 전부이다. 다만 특징은 시 안에 기고계어(季語)와 기레지절자(切字)가 있다는 점이다. 하이쿠의 역사상 가장 빼어난 시인으로는 마쓰오 바쇼와 요사 부손, 고바야시 잇사가 있는데 위의 작품은 그 유명한 마쓰오 바쇼의 작품이다.

시의 배경은 '오래된 연못'이고 주인공은 '개구리'다. 시에 나오는 행위로서는 '뛰어드는' 개구리의 몸동작이 있고 '퐁당'이란 소리가 있다. 앞에

것은 시각이미지이고 뒤의 것은 청각이미지이다. 참으로 간결한 문장 안에 요모조모 구색을 잘 갖췄다.

시를 아는 사람들은 말한다. 오히려 '퐁당 물소리'로 우주의 적막이 깨지고 그것은 다시 더 큰 우주의 적막을 만들었다고. 이와 같은 정적미가 또 어디 있겠느냐고. 그래서 시인은 이 시로 말미암아 위대한 시인으로 평가받고 있다. 그러나 여기서는 이러한 하이쿠에 대해서 공부하자는 것은 아니다. 이 시를 자료 삼아 시와 시인에 대한 관계성을 생각해 보자는 것이다.

이 시에서 '오래된 연못'은 이 세상이라 할 수 있고 독자라고 할 수 있고 시의 소재인 삶 자체라고 할 수도 있겠다. 그다음 '개구리'는 시인이다. '뛰어드는' 건 시인이 시 쓰는 행위이고 '물소리'는 시 작품 그것이고 '퐁당'은 감동을 나타낸다.

여기서 시인이 참작해야 할 점은 개구리가 연못에 뛰어드는 것처럼 천진하게 거리낌 없이 시의 세계로 몰입해야 한다는 점이다. 이보다 더 좋은 방법은 따로 없다. 이를 도표로 나타내 보면 아래와 같다.

| 오래된 연못이여 | 개구리 | 뛰어드는 | 퐁당 | 물소리 |
|---|---|---|---|---|
| 이 세상 | 시인 | 시작 행위 | 감동 | 시 작품 |
| 독자 | | | | |
| 삶 | | | | |

# 목장

로버트 프로스트


나는 지금 샘물을 치러 가련다

나뭇잎들만 건져 올리면 된다

그리고 물이 맑아지는 것을 들여다보련다


그리 오래 걸리지 않을 것이다

너도 같이 가자


나는 송아지를 데리러 가련다

어미 옆에 서 있는 송아지는 아주 어리다

어미가 핥으면 배틀거릴 만큼


그리 오래 걸리지 않을 것이다

너도 같이 가자.

# 울컥

역사 이래 인간을 규정하고 평가하는 여러 가지 항목이나 개념 가운데 감정은 매우 중요한 것 가운데 하나다. 그러나 인간들은 자신들의 특성을 호모 사피엔스에만 집중, 지적인 면과 기능적인 면만 강조하는 경향이 있다.

제도적인 학교 교육도 오로지 이성 쪽에만 매달려 왔다. 그러한 경향은 현대로 오면서 더욱 심화된 느낌이다. 과연 이것은 지지받을 만한 일인가? 한번쯤 발을 멈추고 생각해 보아야 할 문제라고 본다.

지식의 일로 인간은 죽지 않는다. 서럽고 외롭고 소외받고 사랑받지 못해서 인간은 병들고 큰일을 저지른다. 현대의 거의 모든 고질적인 문제들이 거의 다 이러한 감정적인 것들에서 비롯되었다.

그런데도 사람들은 감정에 대해서는 전혀 관심도 없고 대책도 없다. 정말 이래도 좋은가? 정치적 문제이긴 하지만 지역감정이라는 것도 감정에서 비롯되는 것이다. 감정으로 촉발된 문제는 쉽게 그 해결 방안도 없다.

개인으로 볼 때도 울컥하는 것이 문제다. 그때 인생을 그르친다. 이것을 잘 다스려야 한다. 젊은 세대들에게 이것을 잘 다스리도록 가르치고 도와주어야 한다. 감정 교육이 시급하다. 울컥하고 감정이 솟구쳐 오를 때는 그것을 어떻게 참고 승화시키는가를 알려 주어야 한다.

울컥할 때 시보다 더 좋은 방법은 없다. 시를 읽는 것도 좋고 시를 생각하는 것도 좋겠다. 시를 쓰는 것은 더욱 좋겠다. 시는 자기의 감정을 들여다보는 데서부터 시작한다고 말했다. 그러기 위해서는 자기 자신을 둘로 나누어 보는 것이 중요하다고 했다.

만약에 화가 잔뜩 난 사람이 자기가 화가 났다는 것을 아는 것보다 더 화를 가라앉히는 데 도움이 되는 방법은 없다. 술이 정말로 취한 사람은 자기가 술이 취하지 않았다고 말하고 술이 덜 취한 사람은 술이 취했다고 말을 하는 법이다.

다시 한 번 시는 나의 깊은 곳, 저 안에서부터 나도 모르게 우러나오는 글이다. 울컥해서 솟구치는 단어이거나 짧은 문장 그것이다. 그래서 시는 토하는 글이고, 외마디 소리이고, 신음소리 같은 글이다. 나도 어쩔 수 없는 나, 또 하나의 내가 바로 나의 시이다.

그 실례가 바로 나의 시 「멀리서 빈다」와 「풀꽃」이다. 각각 이 시들의 마지막 한 행인 "가을이다, 부디 아프지 마라"와 "너도 그렇다"는 내 힘만으로, 나 혼자서 썼다고 말할 수 없는 표현이다. 문득 떠올라서 썼고 누군가 속삭이듯 일러 주어서 썼다고 보아야 한다. 하나의 커닝이다. 이것이 금잔옥대에서의 금잔 부분이다.

　지난해2014년 10월의 일이다. 공주풀꽃문학관 개관식에서였다. 마지막 인사의 말을 겸해서 내가 나와서 「멀리서 빈다」란 시를 읽은 일이 있다. 그때 관중석에 있던 양애경 시인이 이 시를 듣고 울컥했다고 한다. 대학교 교수이기도 한 양 시인은 특히 시의 마지막 부분 "부디 아프지 마라"에서 그렇게 느꼈다고 한다.

　굳이 시에서는 "아프지" 말라고 당부까지 했는데 듣는 편에서는 아팠다니 그것도 참 묘한 어울림이다. 그러나 그 두 개의 아픔은 다 같이 귀한 아픔이다. 앞의 것은 염려와 축원으로서의 아픔이고 뒤의 것은 감동으로서의 아픔이기에 그러하다.

# 3월

에밀리 디킨슨

3월 님, 어서 들어오세요!

오셔서 얼마나 기쁜지 몰라요!

오래 동안 기다렸거든요.

모자를 벗으시지요…

아마도 걸어오셨나 봐요

그렇게 숨이 차신 걸 보니.

그래서 3월 님, 잘 지내셨나요?

다른 분들은요?

'자연'은 잘 두고 오셨나요?

아, 3월 님, 저랑 2층으로 가요.

하고 싶은 얘기가 얼마나 많은지 몰라요.

# 문장 밖의 문장

나팔꽃 넝쿨에 두레박줄 빼앗겨 물 얻어온다

이 시는 일본의 지요조千代女, 1703~1775라는 여성시인의 하이쿠이다. 이 시를 옮기는 것은 하이쿠를 설명하거나 하이쿠의 장점을 말하기 위해서가 아니다. 이 시를 통해 시를 읽을 때 어떻게 읽는 것이 좋은가를 말하기 위함이다.

이 시의 내용배경은 이렇다. 아침에 일어나 우물가로 갔다. 물을 길어 밥을 짓기 위해서다. 물을 길으려면 두레박이 필요하다. 두레박을 찾았을 것이다. 그런데 이게 웬일이람. 밤사이 우물가 나팔꽃 넝쿨이 자라나 두레박줄을 휘어 감고 있는 게 아닌가!

보통 사람 같으면 나팔꽃 넝쿨을 우두둑 끊어 버리고 두레박으로 물을 길었을 것이다. 그러나 시인은 그러지 아니했다. 한동안 두레박줄을 휘감은 나팔꽃 넝쿨을 들여다보다가 옆집으로 가 그 집 우물에서 밥 지을 물을 길어 온 것이다.

나팔꽃은 하찮은 풀꽃이다. 그렇지만 시인은 그 나팔꽃을 아주 귀히 받들었다. 마치 사랑하는 사람을 대하듯 조심스럽게 대함은 물론이요 나팔꽃 넝쿨을 상하지 않게 하기 위해 옆집 우물로 물 얻으러 가는 수고를 마다하지 않았다. 여성시인다운 섬세한 배려가 마음에 와 닿는다.

이러한 태도는 매우 귀한 것이다. 작고 하찮은 자연물을 인간처럼 여기는 마음이 아니고서는 안 된다. 감정이입의 마음이다. 이러한 마음이 세상을 아름답게 맑게 하고 좋은 시를 쓰게 한다. 이러한 시인의 눈이라면 세상 만물이 사랑스럽고 귀하고 반짝이는 보물처럼 여겨지리라.

이러한 마음은 시를 읽을 때도 마찬가지다. 결코 문장 그대로만 읽어서는 모자란다. 모자라도 한참 모자란다. 문장 안에 깔려 있는 마음이나 문장 밖의 마음을 알도록 노력해야 한다. 숨어 있는 이야기, 보이지 않는 사물, 즉 문장 밖의 문장이다.

그것은 결코 이성적 방법을 가지고서는 안 된다. 지식이나 분석을 가지고서는 더욱 안 된다. 어디까지나 마음의 방법으로 알아야 하고 느낌의 촉수로 깨쳐야 한다. 그러나 그것은 누구나 시를 좋아하다 보면 자연스럽게 체득되는 능력이기도 하다.

실상 시를 읽고 감상하는 일은 하나의 마음공부와 같은 일이고 명상과도 통하는 일이다. 아니다. 시를 읽다 보면 저절로 마음공부가 되고 명상이 이루어진다. 역시 시를 읽을 때도 시를 지을 때처럼 마음을 비워야 한다.

마음을 비운다는 말은 마음속에 복잡한 세상의 일을 담아 두지 않는다는 말이다. 무슨 일이든 처음 보고 듣는 것처럼 하고 겸손하고 부드럽게 사람과 사물을 대하고 귀하게 대해야 한다. 작은 일을 함부로 해서도 안 된다.

백합꽃 향기 너무 진하여 저녁때
대문이 절로 열렸네.

이것은 몇 해 전에 내가 쓴 「산책」이란 제목의 작품이다. 어떤 독자는 이 시를 읽고 시가 왜 이렇게 맹맹하고 허술하냐고 의아해 하기도 했다. 시가 가져야 할 외형적 모습을 제대로 갖추지 않았다고 생각할지도 모르고 시적 장치나 표현이 모자란다고도 생각했을지도 모른다.

정말 그럴까? 그렇게 읽으면 그렇지만 시의 바닥에 깔린 마음, 시의 문장 밖에 서성이는 풍경을 알게느끼게 된다면 그런 말을 한 스스로가 오히려 모자랐다는 것을 알게 될 것이다. 산문의 바탕소재이 사실과 현실, 실재라면 시의 바탕이 느낌이거나 감정이나 마음인 것을 이때에도 잊지 말아야 한다.

우선 그는 시의 제목이 왜 '산책'인가에 대해서부터 고려사항에 넣었어야 했다. 시는 결코 머리로 읽고 기술로 쓰는 글이 아니다. 어디까지나 시는 가슴과 마음과 느낌으로 읽고 쓰는 글이다. 그래야만 시 안에 인간의 영혼이 자유롭게 드나들 수 있는 것이다.

참고삼아 우리의 시문학사상 의미 있는 시인들의 짧은 시 몇 편을 적어
보면 아래와 같다.

박용철, 「해후」
그는 고장 난 시계같이 휘둥그레지며 멈칫 섰다.

박용철, 「안 가는 시계」
네가 그런 엄숙한 얼굴을 할 줄은 몰랐다.

유치환, 「낙엽」
너의 추억을 나는 이렇게 쓸고 있다.

조병화, 「천적」
결국, 나의 천적은 나였던 거다.

조병화, 「편지」
달 없는 밤하늘은 온 별들의 잔날이었습니다.

백석, 「비」
아카시아들이 언제 흰 두레방석을 깔았나
어데서 물쿤 개 비린내가 온다

# 이 가을에

나태주

아직도 너를

사랑해서 슬프다.

# 시의 몸을 바꾸고 싶을 때

오랫동안 시를 쓰다 보면 슬럼프에 빠질 때가 있다. 모든 일이 시들하고 되는 일도 없고 안 되는 일도 없을 때가 있다. 나에게도 그런 시절이 여러 차례 있었다. 그 대표적인 예가 1990년대였다. 1970년대 초에 문단에 등단했으므로 그 저력으로 한 20년쯤 굴러간 뒤의 일이다.

마침 나의 나이 50대 초반. 인생도 시들했다. 거기다가 교직 성장을 바라고 동분서주한 탓에 시의 밭은 무잡해지고 문단 활동은 적막했다. 점차 잊혀져 가는 시인이 되었다. 그때 나는 교육전문직에 근무하고 있었다. 그러나 사무직이나 마찬가지인 교육전문직은 나의 시업에 하나도 도움이 되지 않았다. 단호한 결단과 조치가 필요했다.

마침 나는 난생 처음 외국여행을 떠난 일이 있다. 그것은 1994년 5월. 유럽의 영국, 독일, 프랑스 등 세 나라. 낯선 사람들과 문물들에 대한 감탄도 했지만 12일 여행 기간 내내 나는 나 자신에게 다짐하고 또 다짐을 했다. 더 이상은 이렇게 살지 않으리라. 결단코 나를 바꾸리라. 꼭 그러고 말리라.

돌아와 다음 학기에 현장의 학교로 나갈 수 있었다. 주변 사람들의 약간의 만류가 있었지만 그 정도는 문제가 되지 않았다. 새로 찾아간 곳은 논산의 한 궁벽진 시골 초등학교. '땅에 넘어진 자 그 땅을 짚고 다시 일어나리라.' 그런 다부진 결심으로 하루하루를 살았다. 무엇보다도 나의 시의 몸을 바꾸고 싶었다.

이럴 때 흔히 마음만 먹으면 된다고들 생각하기 쉬운데 마음만 먹는 것 가지고서는 그 무엇도 새로워지지도 않았고 바꾸어지지도 않았다. 고심 끝에 나는 알게 되었다. "수신제가修身齊家 치국평천하治國平天下." 이것은 유교의 '사서삼경' 가운데 하나인『대학』에 나오는 선비의 삶의 길을 알려주는 말이다. 여기서도 왜 '수심修心'이 아니고 '수신修身'인가? 아, 마음 가는 데에 몸도 가지만 더 많게는 몸이 가는 데에 마음이 가는 거구나.

나는 그 뒤에 나름대로 원칙을 세웠다. 그것은 이제까지 살던 방식대로 살지 않기 위한 구체적인 조목들이기도 하다. 첫째, 산문을 쓰지 않는다. 둘째, 방송 출연을 일절 금하고 신문에도 글을 쓰지 않는다. 셋째, 문인들의 모임에 나가지 않는다. 그것은 자발적 고독 같은 것이었다. 스스로 원해서 선택한 고독. 인생은 살다가 그런 세월도 있어야 한다.

책도 지금까지 읽던 책과는 반대의 책을 골라 읽었다. 노자『도덕경』, 헨리 데이비드 소로의『월든』, 후지와라 신야의『인도방랑』등이 새롭게 만난 책들이다. 실로 그것은 지금까지 하던 삶과는 정반대 방향의 삶이었다. 서서히 새로운 시들이 찾아왔다. 흐린 안청眼睛이 밝아지고 있었다. 세상이 새롭게 보이기 시작했다. 연필로 그림 그리기를 새롭게 시도한 것도 바로 그 시절의 일이다.

시인이여. 그대 시를 바꾸고 싶은가. 그러려면 시의 몸을 바꾸어야 한다. 다시 그러려면 그대의 몸을 바꾸어야 하고 또 그러려면 그대의 삶의 방식을 바꾸어야 한다. 그러면 그대의 새로운 시가 찾아올 것이다.

# 먼 길

윤석중

아기가 잠드는 걸
보고 가려고
아빠는 머리맡에
앉아 계시고

아빠가 가시는 걸
보고 자려고
아기는 말똥말똥
잠을 안 자고

# 민들레의 시학

민들레는 매우 흔한 꽃이다. 봄이 오기만 하면 제일 먼저 노란빛으로 꽃을 피운다. 봄을 알려 주는 전령사로서의 꽃이다. 더러는 노란 민들레는 토종이 아니고 흰색 민들레가 토종이라는 말들을 하기도 한다. 그러나 요즘같이 글로벌 시대요, 다문화 국가로 가고 있는 우리나라에서 이 꽃이 토종이니 우리 것이요 저 꽃은 토종이 아니니 우리 것이 아니라는 것은 속 좁은 처사이다.

어쨌든 민들레. 봄이 오면 어디든 흙이 있는 장소면 싹을 틔우고 잎을 키우고 줄기를 세워 꽃을 피운다. 피우고 또 피운다. 꽃을 피운 다음에는 꽃씨를 만들어 멀리멀리 날려 보낸다. 아주 많은 수의 씨앗, 그것은 또 가볍고 가벼운 홀씨다. 바람에 날려 가는 민들레 홀씨. 그것은 얼마나 가볍게 멀리까지 가는 반가운 소식인가!

민들레꽃을 두고 볼 때도 지혜로운 시인은 많은 암시를 받을 수 있어야 한다. 우선 민들레가 척박한 땅에도 뿌리를 깊이 내려 지악스럽게 싹을 틔우고 잎사귀를 키우고 줄기를 세우고 드디어 꽃대를 올려 여봐란 듯이 꽃을 피우는 대목에 주목해야 한다. 민들레는 이때 제가 가진 최선의 힘으로 꽃을 피운다. 바르르 떨면서 힘을 모을 것이다.

이 단계가 바로 시인이 시를 창작해 내는 단계다. 시인도 민들레처럼 자기가 가진 최선을 다 바쳐서 시를 써야 한다. 여기서 시인의 개별성, 즉 특별성, 독창성, 고유성이 보장된다. 이것은 일차적으로 중요한 요소다. 그러나 아직은 아니다. 충분조건 이전의 필요조건인 것이다.

그다음은 민들레가 꽃을 다 피운 다음 꽃씨를 만들어 멀리멀리 아주 가볍게 보내는 대목에 주목해야 한다. 민들레 씨앗이 멀리까지 갈 수 있는 것은 제 몸이 가볍기 때문이다. 그리고 민들레가 여기저기 피어난 것은 될수록 많은 씨앗을 보냈기 때문이다.

시인도 마찬가지다. 시 작품이 멀리까지 가기 위해서는 시의 몸체가 가벼워야 한다. 시의 형식이 간결하고 아름다워야 하며 시의 표현이 편하고 쉬워서 보다 많은 독자들이 이해할 수 있어야 한다. 이것은 시의 보편성에 관한 이야기다. 시의 개별성이 필요조건인데 비하여 보편성은 이미 충분조건이다.

오늘날 시인은 누구를 위해서 시를 쓰는가? 누구한테 지지와 인정을 받기 원하는가? 힘 있는 평론가나 대학교 교수, 영향력 있는 신문이나 잡지사 기자들인가? 잠시 그럴 수도 있겠다. 그렇지만 끝내는 그래서는 곤란하다.

보다 많이 일반 독자들을 위해서 시를 써야 한다. 될수록 시를 모르는 사람들을 위해서 시를 써야 한다. 더 나아가 미래의 독자를 겨냥해야 한다. 그래서 시를 모르는 사람들이 좋다는 소리를 내놓을 수 있어야 한다. 이것이 내가 말하는 진정한 보편성이다. 그 보편성을 민들레한테 배우자는 말이다.

오늘날 시인들은 스스로 자신의 시를 앞에 하고 두 가지 문제, 시의 특수성과 보편성에 대해서 심각하게 점검해 볼 필요가 있다. 그 길이 사는 길이다. 지금은 겨울철. 새해에도 봄이 오면 나는 서둘러 풀밭으로 나가 민들레꽃을 만나고 민들레꽃에게 말을 걸어 볼 것이다. 민들레꽃은 이렇게 나에게 변함없는 오랜 친구이고 또 스승이다.

# 오랑캐꽃

　- 긴 세월을 오랑캐와의 싸움에 살았다는 우리의 머언 조상들이 너를 불러 '오랑캐꽃'이라고 했으니 어찌 보면 너의 뒷모양이 머리태를 드리인 오랑캐의 뒷머리와도 같은 까닭이라 전한다

이용악

　아낙도 우두머리도 돌볼 새 없이 갔단다
　도래샘도 띳집도 버리고 강 건너로 쫓겨 갔단다
　고려 장군님 무지무지 쳐들어 와
　오랑캐는 가랑잎처럼 굴러갔단다

　구름이 모여 골짝 골짝을 구름이 흘러
　백 년이 몇백 년이 뒤를 이어 흘러갔나

너는 오랑캐의 피 한 방울 받지 않았건만

오랑캐꽃

너는 돌가마도 털메투리도 모르는 오랑캐꽃

두 팔로 햇빛을 막아 줄게

울어 보렴 목 놓아 울어나 보렴 오랑캐꽃

# 강아지풀의 시학

　1990년대 중반의 일이다. 나는 그때 논산의 한 시골 초등학교 교감으로 근무하고 있었다. 시 쓰기와 함께 연필로 그림 그리기에 새롭게 재미를 붙여 이런저런 소재들을 그림으로 그리고 있었다. 주로 풀이나 꽃을 그렸다. 멀리에 있는 것이 아니다. 주변에 있는 것들 가운데서 마음이 가기만 하면 무엇이든 그렸다.

　계절은 10월 하순. 서리 맞아 풀이며 꽃들이 시들어 있었다. 시내버스를 타고 통근을 했다. 오가다 보니 학교 앞 차도 한 귀퉁이에 강아지풀 숲이 우거져 있었다. 그런데 그것들도 서리를 맞아 갈색으로 시들어 있었다. 가만히 살펴보니 강아지풀들이 여러 줄기 어울려 서 있는 게 여간 예뻐 보이는 게 아니었다.

　내 한번 강아지풀들을 그려 보리라. 오전 출근길에 그려야 할 강아지풀들을 유심히 보아 두었다. 구도가 매우 좋았다. 5시 퇴근 시간을 조금 앞

당겨 연필과 지우개와 돋보기를 준비해 가지고 나는 그 강아지풀들이 있는 곳으로 갔다. 돋보기를 꺼내 쓰고 강아지풀들을 그리고 있었다.

지금도 그렇지만 그때는 더욱 그림 그리기가 서툴렀다. 나의 그림 그리기는 우선 자세히 보기와 오랫동안 보기로부터 시작한다. 그러다 보니 시간이 많이 소모된다. 들여다보고 또 들여다보아야 그려야 할 소재의 선이 떠오른다. 그러면 그 선이 내 몸속으로 들어왔다가 내 손을 통해 종이 위로 옮겨간다. 작고도 간단한 그림 앞에 까다로운 주문이 따른다.

그렇게 한참을 강아지풀을 그렸다. 겨우 아홉 가닥의 강아지풀이다. 그런데 하도 더디게 그림을 그리다 보니 그림을 그리는 사이 그만 날이 저물고 있었다. 깊은 가을날의 오후 시간이라 그랬을 것이다. 그림을 그리는데 눈앞이 보이지 않았다. 왼쪽의 여섯 가닥을 그리고 오른쪽의 세 가닥을 더 그려야 하는데 눈앞이 보이지 않으니 이를 어쩌면 좋을까? 심히 당황되는 바가 있었다.

그때 마음속에서 무슨 소린가가 들려왔다.

"아저씨, 우리도 그려 주세요. 여기 그냥 놔두지 말고 우리도 데려가 주세요."

물론 그것은 내 마음속에서 들려온 또 하나 나의 말에 다름없다. 그러나 나는 그것을 미처 그리지 못한 강아지풀의 말로 들었다. 아, 이를 어쩌면 좋단 말인가! 나는 속으로 떨고 있었고 드디어 울먹이고 있었다.

서둘러 대충 그림을 완성하고 나서 나는 가방을 챙기고 버스를 타기 위해 서쪽 방향의 버스정류장으로 발을 옮겼다. 아직 완전히는 어두워지지 않아 서쪽 하늘이 벌겋게 타오르고 있었다. 어둠 속을 걸어가는 발길이 매우 허청거렸다. 그런데 이것은 또 무슨 망발이란 말인가? 갑자기 가슴 밑바닥으로부터 울음이 터져 오르는 것이 아닌가! '이것들아, 이것들아.' 나는 드디어 꺽꺽 소리 내어 울면서 길을 걷고 있었다.

그날 나는 그렇게 서리 맞아 시든 강아지풀 몇 줄기와 한 가족이었다. 그들은 또 나의 사랑스러운 피붙이 어린 것들, 아들이고 딸이었다.

# 강아지풀에게 인사

나태주

혼자 노는 날

강아지풀한테 가 인사를 한다
안녕!

강아지풀이 사르르
꼬리를 흔든다

너도 혼자서 노는 거니?

다시 사르르
꼬리를 흔든다.

# 결핍의 축복

결핍은 궁핍과는 다르다. 궁핍은 아주 처음부터 없는 상태이고 결핍은 처음에는 있었으나 그다음에 없어진 상태이다. 예전 우리가 다 같이 후진국 나라로 힘들게 가난하게 살던 때라든지 일제 침략기는 궁핍했던 시절이고 오늘날은 궁핍보다는 결핍이 있는 시대다.

결핍은 주로 생명체에게 심각하게 나타난다. 계절의 변화 속에서도 결핍은 살펴진다. 사계절 가운데 겨울철이 결핍이 적극적으로 나타나는 계절이다. 가을이 되면 모든 식물은 겨울 준비를 서두른다. 무성했던 나뭇잎을 떨어뜨리고 몸 안에서 물의 양을 최대한 줄인다. 살아남기 위한 몸부림이다.

겨울이 오면 모든 생명체는 최소한의 활동을 하면서 생명만을 유지하며 견딘다. 겨울잠을 자는 파충류나 산짐승도 이에 해당한다. 기온이 내려가고 찬바람이 분다. 얼음이 얼고 눈이 내린다. 밤이 길고 낮이 짧아 햇빛의 양도 적다. 세상은 온통 흑백의 세상이 된다. 그렇게 어둡고 긴 겨울의 터널을 지나면 어느 만큼서 봄이 찾아온다.

봄이 오면 만물은 기지개를 켜고 활동을 다시 시작한다. 식물에는 싹이 나고 동물들도 잠에서 깨어난다. 하나님은 다시금 거두어 가셨던 색깔들을 돌려주신다. 분홍과 노랑, 연두와 초록, 빨강과 파랑. 그래서 다시 봄과 여름, 가을과 겨울은 이어진다.

이러한 사계절의 변화와 반복에 기초하여 인간의 우주관과 인생관이 배태되었다. 부처님의 생로병사, 동양의 음양오행설, 맹자의 사단四端, 인의예지(仁義禮智)이 여기서 나온 것이란 점을 짐작하는 것은 매우 자연스런 일이다. 심지어 문학 형식인 한시조차 사계절의 형식을 빌리고 있다. 기승전결이 각각 춘하추동과 대응을 이룬다.

우리의 고유한 시가 형식인 시조는 4행의 한시를 3장으로 줄인 결과다. 그러므로 시조의 3장은 한시의 3행과 4행의 축소판으로 보아야 한다. 어쨌든 모든 생명체에게 결핍이 없으면 새로운 도약이 없다. 해마다 오는 봄이 눈부시고 새롭고 감격적인 것은 겨울이라는 모진 결핍이 선행했기 때문이다.

겨울에도 따뜻한 실내 온도가 유지되는 아파트에서 난초를 길러 보면 난초가 꽃을 잘 피우지 않는 걸 알 수 있다. 겨울이라는 결핍의 과정이 생략되어서 그렇다. 나는 여러 차례 미국 엘에이를 방문한 일이 있다. 상하의 계절인 엘에이. 엘에이에도 10월이 지나면 낙엽이 진다. 그러나 날씨가 따뜻하므로 여전히 꽃들이 피어 있다. 그런데 그런 꽃들은 어쩐지 부실해 보이고 어색해 보인다. 겨울을 거치지 않은 꽃이기 때문이다.

　우리가 살아갈 때도 인생의 여러 가지 곡절이며 질곡이나 고난을 겪을 수 있다. 더러는 결핍의 나날을 보낼 수가 있다. 자연계에서 보는 겨울의 과정이다. 그러나 그 결핍의 과정을 잘만 견디면 그다음에 그 사람에게 새로운 삶의 세계가 열린다. 결핍의 축복이다. 세상에는 어떤 경우에도 공짜는 없는 법이다. 이를 성경에서는 "고난이 유익"이라고까지 적어 놓았다.

　나의 경우도 이는 마찬가지다. 내가 지금까지 그래도 괜찮은 시 작품을 얻었을 때는 모두가 인생의 고난을 거친 다음의 일이다. 말하자면 나의 시는 쓰디쓴 인생, 고달픈 인생이 준 위로였고 선물 같은 것이었다. 1971년 『서울신문』 신춘문예 당선작인 「대숲 아래서」는 젊은 시절 월남 파병을 비롯한 기나긴 방황과 한 여성으로부터 호되게 당한 실연의 고통에 대한 보답 같은 것이었다.

　여세를 몰아 나는 『막동리 소묘』 같은 기념비적인 시집을 쓰기도 했다. 그러나 20년쯤 지나면서 시가 완전히 바닥에 닿았다. 결국 나는 쓰러지는 사람이 되었고 각고의 노력 끝에 땅바닥을 딛고 다시 일어설 수 있었다. 그것이 1996년. 『풀잎 속 작은 길』, 『슬픔에 손목 잡혀』와 『산촌엽서』 같은 시집들이 이런 과정 뒤에 나왔다. 이 또한 축복이었다.

　그러나 나의 역경은 거기서 끝나지 않는다. 2007년 교직의 정년퇴임을 앞두고 그야말로 죽을병에 걸려 구사일생으로 살아 나왔다. 그런 뒤로 나의 인생과 나의 시가 완전히 달라졌다. 이관사판이요 패자부활전이라는 생각이 들었다. 남아 있는 것들이 많지 않았다. 그렇지만 이만큼이라도 남아 있음이 고맙고 지금이라도 시작할 수 있음이 감사했다.

　인생은 다시금 유용해지고 탄력을 받는 인생이 되었다. 필요 없는 일에 신경을 쓰지 않고 살 수 있게 되었다. 이것도 하나의 자유라면 자유이고 성취라면 성취다. 비로소 나는 하기 싫은 일은 하지 않을 수 있는 사람이 되었고 만나기 싫은 사람은 만나지 않을 수 있는 사람이 되었다. 그리하여 나의 인생은 보다 유용한 인생Useful Life이 되었던 것이다. 브라보! 이것도 결핍이 주는 엄청난 축복이다.

# 사랑하라, 한 번도 상처받지 않은 것처럼

알프레드 디 수자

춤추라, 아무도 보지 않는 것처럼.

사랑하라, 한 번도 상처 받지 않은 것처럼.

노래하라, 아무도 듣고 있지 않는 것처럼.

일하라, 돈이 필요하지 않은 것처럼.

살라, 오늘이 마지막 날인 것처럼.

# 생존, 발견, 영성으로서의 시

가끔 생각해 본다. 왜 시인은 시를 쓰는가? 무엇을 위해 쓰는가? 쓰지 않으면 안 되는가? 시는 그저 시인에게 고상한 취미이고 때로는 장식품이고 또 배설물 같은 것인가? 거꾸로 또 자문해 본다. 그렇다면 독자는 왜 시를 읽는가? 무슨 도움을 바라고 시를 읽는가? 시를 읽으면 어떤 점에서 좋은가?

만약에 시가 시인에게나 독자에게 아무런 도움도 되지 않고 필요성도 느껴지지 않는다면 시는 쓰지 않아도 좋을 것이며 읽지 않아도 좋을 것이다. 그렇다면 말이다. 오늘날 문학잡지에 실리는 시들은 시인이나 독자들에게 어떤 도움을 주고 어떤 필요성, 절박성을 주는가? 만약에 아무런 도움도 주지 않고 필요성도 없다면 그것은 차라리 없는 것만 못할 것이다.

남의 이야기 하는 것은 어렵다. 가장 좋은 것은 나의 이야기다. 그렇다면 나는 어떤 필요성과 도움을 바라고 시를 썼던가? 이미 나는 어떤 글에

선가 '산문은 백 사람에게 한 번씩 읽히는 문장이지만 시는 한 사람에게 백 번씩 읽히는 문장이다.'라는 말을 적은 일이 있다. 여기에 이어서 생각해 본다. 도대체 어떤 글이기에 이토록 나는 오래도록 시에 매달리며 살아가는가?

지난 나의 삶 속에서 시가 없었다면 나는 지금 어찌 되었을까? 어떤 사람으로 살고 있을까? 더러 시를 쓰면서 돈이나 명예나 사회적 참여와 같은 현실적 효용을 목적으로 생각하는 사람이 있을 수 있겠다. 이것은 타인을 의식한, 타인과 더불어 생각하는 시이다.

그러나 나의 경우는 지극히 개인적인 필요에 따라 시를 찾았고 지금도 그러한 시와 더불어 살고 있다. 처음부터 나는 나 자신을 위해서 시를 썼다. 쓰지 않으면 안 될 것 같아서, 숨이 막힐 것 같아서 시를 찾았다. 말하자면 살아남기 위한 방책으로 시를 선택한 것이다. 그래서 나는 지금 말한다. 시는 나에게 있어 삶 그 자체이고 생존 그 자체라고.

다음으로 생각할 수 있는 것은 시에 있어서의 발견의 문제이다. 시는 발견인가? 아니면 발명인가? 발명은 세상에 없는 것을 처음 만들어 내는 것이고 발견은 이미 있는 것을 처음 찾아내는 것임을 우리는 안다. 시가 시인에 의해 완전히 창작되는 것이라면 발명 쪽이 맞는 말이다. 그러나 여기서도 나의 생각은 조금 유보된다.

일찍이 이 세상 모든 것 가운데 완전히 새로운 것은 없다. 이미 있던 것들을 배우고 조금씩 익혀 내 것으로 만들고 나의 특성으로 삼는 것이다. 신을 염두에 둘 때 그것은 더욱 더 그렇다. 과연 인간이 신 앞에서 스스로 완전하게 할 수 있는 것이 무엇이던가. 지금껏 시를 쓰면서 생각해 볼 때 나의 시는 어디까지나 발견 수준이었다. 아예 가장 좋다는 작품들이 그랬다.

신은 이미 오래전부터 아름다운 것들을 이 세상 은밀한 곳에 꽁꽁 숨겨놓고 인간들이 찾아내기를 요구하신다. 그것들을 하나하나 찾아 인간의 것으로 해 온 것이 인류의 역사였고 문명이었다. 이것은 시에 있어서도 마찬가지. 시인은 이미 존재하는 것들 가운데 아름다운 것, 감동적인 것들을 찾아내어 언어로 옷을 입혀 표현하는 사람이다. 그래서 나는 또 말한다. 시는 나에게 있어 보물찾기요 신과의 숨기 장난이고 또 발견이라고.

최근 시를 두고 가장 많이 생각하는 것은 시에 있어서의 영성의 문제이다. 인간에게는 육신이 있고 마음이 있다. 육신도 육신이지만 마음을 주로 드러내는 것이 시의 양식이다. 그래서 시를 감성의 글이라 말하고 이성이나 사실의 글과 구분 짓기도 한다. 일단은 감성의 글 맞다. 그런데 여기에 더하여 생각해 볼 것은 영성이요 영혼의 문제이다.

인간에게 영혼이 있다는 가장 좋은 증거는 언어이다. 거꾸로 말해 인간에게 언어가 있다는 것은 아무리 생각해 보아도 인간에게 영혼이 있기 때문이겠다. 영혼의 증거가 언어요 영혼의 실상이 또 언어란 얘기다. 이러한 언어로 표현되는 가장 정제된 예술 양식이 또한 시이다. 그야말로 시는 언어로 만들어진 영혼의 보석 같은 것이다. 그러기에 시공간을 넘어 감동의 물결을 이어 가는 것이다.

참으로 시는 영혼의 황금덩이 같은 것이다. 주시는 대로 그 황금덩이를 겸허한 손으로 받들어야 한다. 영혼 그 자체요 황금덩이이기 때문에 상처

내지 말아야 하고 지나치게 분석하지 말아야 한다. 요즘 시인들은 지나치게 신경질적이고 선병질적인 것이 문제이다. 시가 감성과 이성도 아니고 그 모든 것들을 넘어서는 그 무엇, 영혼 그 자체의 소식이라는 것을 모르는 것이 문제다.

요즘 시들을 보면 영혼의 황금덩이를 지나치게 얇게 펼치는 데에 문제가 있다. 마치 그것은 금박 공예 작품과 같아 지나치게 반짝이고 지나치게 아름답다. 이러한 경계를 앞세워 나는 또 말한다. 시는 영성에서 나오는 영혼의 표현이라고.

# 꽃자리

구상

반갑고 고맙고 기쁘다.

앉은 자리가 꽃자리니라!

네가 시방 가시방석처럼 여기는
너의 앉은 그 자리가
바로 꽃자리니라.

반갑고 고맙고 기쁘다.

# 위기지학으로서의 시

위기지학爲己之學이란 말은 최근에야 알게 된 말이다. 이 말은 '자기 자신을 위한 공부'란 뜻이다. 맞서는 말이 위인지학爲人之學인데 '타인을 위한 학문' 또는 '남에게 보이기 위한 공부'란 뜻이다. 이 말들은 주로 성리학에서 사용되는 용어인데 두 말 모두 매우 중요한 개념이며 학문으로서나 현실로서 영향력이 있는 말이다. 다만 일반적으로 흔히 사용하지 않는 용어라는 점에서 낯설 뿐이다.

왜 내가 새삼스레 이런 말에 주목하게 되었을까? 실은 이것은 누구한테 배우거나 들어서 안 것이 아니고 교직에서 정년퇴임을 하고 나이를 먹으면서 생각이 시시콜콜하게 많아지다 보니 예각적으로 모아져서 얻게 된 생각이다. 나중에 아는 분과 이야기 나누다가 위기지학과 위인지학에 대한 내용을 알게 되었다.

한평생을 돌아볼 때 나도 누군가에게 보이기 위해서 공부했고 누군가와 경쟁하기 위해서 공부한 사람이다. 말하자면 살아가면서 세상에서 써먹기 위해서 공부했다는 말이다. 좋은 성적을 받기 위해서, 상급학교에 진학하기 위해서, 취직하고 승진하기 위해서, 더 나아가 돈을 벌기 위해서 머리를 싸매고 공부하고 또 공부를 했던 것이다.

생각해 보면 이것은 참 허무한 일이다. 그래서 남은 것이 무어란 말인가? 모든 삶의 지름길들이 공부로 연결되었고 거기서 뒤처지면 낙오자가 되었고 끝내 인생의 나락에 빠지는 일이었다. 문제는 부수적으로 생기는 경쟁심이요 스트레스요, 시기심, 분노, 절망 같은 마이너 감정들이다. 기껏 성취했다고 하지만 그것은 자만과 자아도취에 지나지 않는 서푼짜리 종이호랑이 가면 같은 자화상일 뿐이다.

이런 경쟁 과정에서 가려지는 것이 바로 본성이라고 한다. 인간은 본래 선한 마음, 측은지심을 지니고 태어났지만 이러한 경쟁 과정에서 좋은 마음들이 가려지고 나쁜 마음들만이 가득한 인간으로 변하게 된다는 얘기다. 그래서 본래의 자기를 찾는 공부가 중요하다는 것이다. 그것이 바로 위기지학이요 성인의 길에 이르는 성학聖學이라는 것이다.

이런 거창한 담론은 조금쯤 밀쳐 두고 나 자신 생각해 볼 때, 나는 그동안 너무나 남한테 보이기 위한 공부위인지학에만 치중했다는 생각을 하게 된다. 현실적으로 써먹기 위한 공부만 해 왔다는 자괴심과 반성이 없지 않다. 그런데 여기서 잠깐! 내가 평생 써 온 시는 어떤가? 나는 시인으로서 철저히 시골 시인이었고 처음부터 개인정서 중심의 시인이었다. 나 자신 좋아하는 여성에게 좋아하는 감정을 표현하기 위해서 시를 썼다고 고백하는 사람이니까 말이다.

　그렇다. 여기에 나의 인생 출구가 열린다. 열아홉 살 이래 교직에 몸담아 동당거리며 숨 가쁘게 살아온 나지만 그와 동시에 시를 써 온 일은 매우 잘한 일이란 생각이 든다. 그것도 집단정서에 한 번도 기웃대지 않고 개인정서에 철저하면서 조금은 고리타분한 전통 서정시를 고집한 일은 더더욱 잘한 일로 여겨진다.

　정년퇴임하면서 결심한 일이 있다. 이제 나는 절대로 남을 위해서 살지 않고 나 자신을 위해서 살겠다는 결심이 그것이다. 남을 위해서 먹기 싫은 술도 먹지 않겠고 가기 싫은 모임에도 가지 않을 것이며 만나기 싫은 사람은 단호히 만나지 않을 것이다. 이제부터는 나 좋은 대로만 살 것이다.

　이 얼마나 좋은 일인가. 이제는 구름을 보고 싶으면 구름을 보고 바람을 만나고 싶으면 바람을 만나며 살리라. 또 음악을 듣고 싶으면 또 그렇게 할 일이다. 책을 읽더라도 이제부터는 써먹지 않기 위해서 읽을 것이다. 나 자신만을 위한 책 읽기. 누구의 눈치도 살피지 않는 공부. 좋은 책은 읽고서도 다시 읽을 것이고 읽기 싫은 책은 어떤 책도 읽지 않을 것이다. 아, 이 얼마나 좋은 결단인가! 기쁨으로 하는 책 읽기와 공부가 거기에 있었다.

　글을 쓰더라도 책으로 내거나 잡지에 발표하거나 더군다나 평론가들한테 칭찬받기 위해서는 쓰지 않으리라. 독자들에게 인기를 얻기 위해서, 문학상을 타기 위해서는 더더욱 쓰지 말아야지. 실상 시라는 것은 자기 자신을 위한 표현 양식이다. 처음부터 그러했고 나중까지도 마땅히 그래야 했다. 그런데 나부터 그것을 잘못 알고 잘못 운용해 온 것이 실수다.

이제 나이 먹어서라도 알았으니 다행한 일이 아닌가. 나는 여기에 한마디를 보태고자 한다. 시는 위기지학이고 본래의 나 자신을 찾아가는 머나먼 여행길이며 나 좋아서 쓰는 예쁘고도 사랑스런 문장일 뿐이다.

# 사막

오르텅스 블루

사막에서 그는

너무도 외로워서

때때로 뒷걸음질로 걸었다


모래에 찍힌

자기의 발자국을 보기 위해서.

# 시는 상처의 꽃이다

시를 쓰는 것을 우리는 창작創作한다고 말한다. 이때 창작의 창創자를 살피면 그것은 슬픔을 뜻하는 창倉이란 글자와 칼刀을 말하는 선칼도방刂으로 구성되어 있음을 본다. 또 창創이란 글자는 '상처'를 의미하기도 한다. 이런 것으로 보아 시를 쓴다는 것은 칼로 상처를 내는 행위요, 시는 또 그 상처 위에서 피어나는 꽃이라고 할 수 있겠다.

이를 좀 더 우리들 인생이나 시작 과정에 빗대어 보면 다음과 같은 순서나 등식이 있음을 알게 된다. 칼 뒤에 외로움이 있고 그 뒤에 그리움이 있고 그 뒤에 실패가 있고 그 뒤에 사랑이 있고 또 무엇 무엇들이 있다. 시꽃 ◀┈ 상처 ◀┈ 칼 ◀┈ 외로움 ◀┈ 그리움 ◀┈ 실패 ◀┈ 사랑 ◀┈ 열정 ◀┈ 소망욕망.

그러나 사회적으로 잘나가는 사람, 잘사는 사람, 뽐내는 사람에겐 이런 정서 구조가 없다. 그러므로 유식한 척하는 시인들에게는 결코 좋은 시가 허락되지 않는다. 시를 쓰더라도 감동이 없는 시가 되는 것이다. 그런 점에서 우리는 자신의 상처에 대해서 감사해야 하고 실패에 대해서도 곱게 감수하는 마음이 있어야 한다. 이것이 바로 승화란 것이다.

그러나 요즘 우리들은 누구도 그렇게 하지 않는다. 요즘 우리들 세상은 헝그리의 시대를 넘어서 앵그리의 시대이다. 모든 사람들이 화가 나 있다. 티브이 어린이 프로를 보더라도 앵그리 버드란 것이 나와서 판을 친다. 새들도 화가 나 있는 것이다.

그렇게 화난 새들을 보면서 아이들이 자란다. 그러니까 사람들이 화가 나지 않을 수 없는 것이다. 앵그리 보이, 앵그리 맘, 앵그리 영맨, 앵그리 그레이. 국민 모두가 화가 충만해 있다. 대한민국은 오늘날 화가 충만한 나라가 되었다. 이거 큰일이지 싶다.

왜 우리가 이렇게 되었는가? 우리가 그동안 '보다 빠르게, 보다 높게, 보다 넓게, 보다 크게, 보다 많이'를 인생의 목표로 삼고 살았기 때문이다. 그 결과 우리는 어떻게 되었는가? 과연 그것이 행복을 보장해 주었는가? 아니다. 우리는 누구나 불행한 사람이 되었고 빈털터리가 되었고 누구나 외로웠고 누구나 상처받은 짐승이 되었다.

그래서 지금 우리는 전 국민이 고통받고 있고 신음하고 있는 것이다. 덫에 걸려 빠져나오지 못하고 있는 것이다. 열패감이 문제이다. 열패감이란 열등감과 패배감의 합성어다. 이것이 큰일이다. 이대로는 안 된다.

친분 있는 의사한테 들어 보면 찾아오는 환자들이 하나같이 화가 나 있고 도움을 주려고 해도 곧이곧대로 듣지 않고 의심하고 자신이 나서서 이러니저러니 진단을 하고 처방을 하려고 한다고 한다. 그렇다면 왜 의사한테 오는가? 집에서 자기 혼자서 치료를 하지.

환자가 병원에 간다는 것은 의사의 도움을 받기 위해서 가는 것이다. 당연히 겸손해야 하고 부드러워야 하고 낮아져야 한다. 의사의 말을 신뢰해야 한다. 그래야 산다. 그래야 병이 낫는다. 그런데 그렇게 하지 않는 것은 사람들이 정서적으로 문제가 있어서 그렇다. 병이 들어서 그렇다.

몸이 아픈 것도 문제지만 정신적으로, 마음으로 아픈 것이 더 큰 문제다. 오늘날 우리는 정신적으로 정서적으로 모두가 환자들이다. 그동안 우리가 잘못 살아온 결과이고 증거이다. 그 구체적인 사례가 세월호 사건이다. 이 사건은 우리들 정신의 IMF라고 할 만한 사건이다.

어찌해야 할 것인가? 치료가 필요하고 위로가 필요하고 휴식이 필요하고 돌아봄이 필요하다. 이쯤에서 과감하게 정지신호를 보내고 그것을 실행에 옮겨야 한다. 자기 자신을 용서하고 자신에게 있는 것에 만족해야 한다. 그러기 위해서는 가난한 마음을 회복해야 한다.

가난한 마음이란 빈한한 마음이 절대로 아니다. 그것은 작은 것, 낡은 것, 오래된 것, 약한 것, 옛날 것, 값비싸지 않은 것, 흔한 것을 아끼고 사랑하는 마음이다. 그리고 주변에 있는 많은 이웃들을 사랑하는 마음이다. 일상의 발견이요 일상의 사랑이다. 다른 사람의 마음과 입장과 처지를 헤아려 주고 이해해 주고 또 같이하는 마음이다.

이것이 바로 공자님이 말씀하신 인仁이요, 석가님이 말씀하신 자비심慈悲心이요, 예수께서 설파하신 긍휼히 여김이다. 이 시대는 종교조차 사악한 시대다. 종교인들도 상인이고 거짓 증언을 일삼고 자기유익만을 챙

긴다. 결코 우리들에게 유익이 되지 않고 위로가 되지 않는다.

그다음으로 우리에겐 만족할 줄 아는 마음이 중요하다. 노자『도덕경』에서 보면 지족지지知足知止, 만족할 줄을 알면 욕되지 않고 그칠 줄을 알면 위태롭지 않으니, 한없이 장구할 수 있다(知足不辱 知止不殆 可以長久).『노자』제44장란 말이 나온다. 지족이란 자기에게 있는 것에 만족하는 것이요, 지지는 멈출 때에 멈추는 것을 말한다.

간단한 문장이지만 이것은 참 해내기 어려운 과제이다. 이걸 제대로 못해서 사람들은 더욱 크게 실패한다. 높은 사람, 잘나가는 사람들, 학식 있는 사람들, 많이 가진 사람들이 망신을 당하고 한꺼번에 무너진다. 이것만 제대로 실천할 수 있어도 성공한 인생이 된다.

지하철을 타다 보면 '워치 유어 스텝Watch your step'이라는 글자가 자주 나타나는데 우리야 말로 지금 자기 발밑을 진정 살펴야 할 때이다. 나는 지금 어디에 와 있는가? 내가 딛고 있는 땅은 제대로 된 것인가? 그것은 정직하고 아름답고 깨끗한 것인가? 안전하기라도 한 것인가?

오늘날 우리는 모두가 속 빈 깡통이다가 찌그러진 깡통이다가 이제는 밟힌 깡통같이 납작해진 사람들이다. 그것은 어른들만 그런 것이 아니고 아이들도 그렇다. 그러기에 학교폭력이란 것이 나오고 왕따라는 것도 나온다. 이걸 바로잡아야 한다.

그러나 마땅한 방법이나 처방이 없다. 이것이 또 문제다. 우선 나 자신을 찾는 길밖에는 없다고 본다. 내가 정말로 괜찮은 사람이라는 생각을 해야 하고 쓸모 있는 사람이라는 생각을 해야 한다. 열패감에서 벗어나야 한다. 그러기 위해서는 타인을 보지 말고 자신을 살펴야 한다.

내가 가진 것에 감사하고 내가 가진 것을 사랑하고 아끼고 소중히 여겨야 한다. 언제까지나 우리가 다른 사람이 가진 것만을 바라보며 부러워해야 할 것인가? 그렇게 해서 한 가지라도 우리의 문제가 해결될 수 있으며 또 그것이 우리에게 행복이나 만족을 준다고 여겨지는가? 아니다. 받는 것은 열패감이요 끝내는 불행감이다.

이러한 마음의 고리를 끊어야 한다. 단박에 끊어야 한다. 나는 나다. 선언할 수 있어야 한다. 지금이라도 좋다. 이만큼이라도 감사하다. 나는 나다. 나의 것이 소중하다. 그러니 남의 것도 아껴 주고 인정해 주자. 그런 대전환이 필요하다.

타인이 있어야 나도 있는 것이다. 내가 소중하니까 타인도 소중한 것이다. 그렇다면 나와 너는 둘이 아니고 하나다. 이것을 또 알아야 한다. 내가 건강한 것은 너도 건강한 일이다. 내가 병들고 아프면 우주가 병들고 아픈 것이나 마찬가지다. 나는 아주 작은 나이지만 우주이기도 하다.

사랑도 필요이다. 필요해서 사랑하는 것이다. 유용해서 사랑하는 것이다. 필요하지도 않고 유용하지도 않으면 사랑하지 않는다. 부모와 자식의 사랑, 친구 간의 사랑, 남녀 간의 사랑도 마찬가지다. 내가 너에게 필요하고 네가 나에게 필요하니까 사랑하는 것이다. 그러므로 우리는 상호 간 필요한 사람, 유용한 사람이 되도록 노력해야 한다.

우리 자신이 진정 필요한 존재이고 유용한 사람들임을 깨달아야 한다. 내가 우리 부모에게 얼마나 필요한 사람이고 유용한 사람인가? 그것을 생각하고 그것을 깨달을 때 우리는 문득 눈물이 나기도 할 것이다. 내가 죽었다고 생각할 때 우리 부모는 얼마나 슬퍼하고 애통할 것인가? 그걸 생각하면 나의 삶의 하루하루가 더욱 소중해지고 경건해질 것이다.

여기에는 자기만족이 선행되어야 한다. 달라이 라마 같은 분은 이렇게 말했다. "탐욕의 반대는 무욕이 아니라 만족이다." 이 얼마나 좋고 감사한 말씀인가! 이것은 종교를 넘어서 우리 인생에서의 구원의 말씀이다. 나 자신 이 말씀을 듣고 노년의 욕망과 어리석은 사랑에서 구원을 받았던 적이 있다.

이쯤에서 요구되는 것이 우리들의 시이다. 오늘날 시의 시대가 끝났다고 말하지만 그것은 결코 그런 것이 아니다. 시인들이 감동 없는 시를 써 내서 그렇지 시의 시대는 결코 끝나지 않았다. 시인들이 자기들만 아는 시를 쓰고 자기들만의 언어 잔치를 하기 때문이다. 독자들에게 유용하지 않고 필요하지 않은 시를 쓰기 때문이다.

우리가 왜 『논어』를 읽고 『성경』을 읽고 『노자』를 읽고 달라이 라마의 『행복론』을 읽고 소로의 『월든』을 읽는가? 유익하기 때문에 읽는 것이고 필요해서 읽는 것이고 위로가 있기 때문이고 인생의 지침이 되기 때문에, 우리에게 길을 보여 주기 때문에 읽는 것이다.

대답은 오히려 간단하다. 시인들이 독자들에게 필요한 시, 유용한 시를 쓰면 된다. 자기들만 좋아서 지껄이는 시를 쓰지 말고 다른 사람들도 알아들을 수 있는 시를 써야 하고 그들에게 감동이 되는 시를 써야 한다. 우리 시사에서 이상이란 시인은 이상 한 사람으로 족하다. 오늘날도 많은 사람들은 시를 원하고 있다. 어떤 시를 원하고 있는가? 분석해야 알고 해설을 붙여야 이해가 가는 시를 원하는가?

아니다. 직구를 날리듯 다이렉트로 들어오는 시를 원하고 있다. 생활 가까이 우리들의 이야기를 쓴 시를 원하고 있다. 우리들의 한숨, 우리들의 문제, 우리들의 고달픔, 슬픔, 원망, 소망, 안타까움, 그런 것들을 담은 솔직하고도 친근하고 따뜻하고 부드럽고 거만하지 않은 시를 원하고 있다. 보통 사람들의 평범한 일상의 시를 원하고 있다. 정말로 그것은 분명하다.

그러기에 시인들은 지나치게 특수 쪽으로 나가면 안 된다. 자신을 특별한 사람, 선택받은 사람이라고 여겨서도 안 된다. 그것은 시인의 불행이자 독자의 불행이다. 시인도 보통 생활인과 똑같은 사람으로서 인생의 동행인이 되어야 하고 감정의 이웃이 되어야 한다. 시인 자신이 까다로운 사람, 지체 높은 사람, 특별한 사람이 되지 않으려고 노력해야 한다. 그래야 독자들과 감정이입이 가능하고 또 감동 있는 시를 쓸 수가 있다.

시인들에게 권한다. 높이 올라가지 말고 내려오라. 산속으로 들어가려 하지 말고 시정 속으로 내려오라. 자신이 대단하다거나 특별한 사람이라고 착각하지 말라. 당신은 어떤 면에서는 수준 이하의 사람일 수도 있다. 그것을 알아야 한다. 그런 다음에 다시금 당신의 시를 출발시켜라. 당신은 결코 감정의 귀족이 아니다.

만약 그렇게 생각한다면 거기서부터 벌써 실패다. 당신은 망한 나라의 군주다. 고대 인도의 카비르Kabir 같은 사람은 일생을 시장바닥에서 물을 긷고 베 짜는 사람으로 살면서 훌륭한 해탈을 이루었고 너무나도 아름다운 깨달음의 시를 남겼다.

여기서 다시금 창작의 창創 자에 대한 생각을 해 보게 된다. 시는 상처의 꽃이다. 인생살이를 하다가 받는 온갖 상처의 꽃이다. 그 꽃 뒤에는 칼이 있고 그 뒤에는 외로움이 있고 그 뒤에는 그리움이 있고 다시 그 뒤에는 실패가 있고 그 뒤에는 사랑이 있고 사랑 뒤에는 열정이 있고 다시금 그 뒤에는 어리석은 우리네 인간의 욕망 내지는 소망이 있다.

아, 이를 다시금 어찌할 것인가? 그러기에 우리는 인간이고 다시금 위로와 축복과 치유가 필요한 안쓰러운 존재들이다. 독자와 소통하는 시, 감동이 있는 시를 쓰기 원하는 사람들이여! 외로움 없이, 그리움 없이, 실패 없이, 사랑 없이 그런 시를 쓰려고 꿈꾸지 말라. 시는 진정 상처의 꽃이다. 이걸 꿈에서도 잊지 말라.

# 장편 · 2

김종삼

조선총독부가 있을 때

청계천변 십 전(錢) 균일상(均一床) 밥집 문턱엔

거지소녀가 거지장님 어버이를

이끌고 와 서 있었다

주인영감이 소리를 질렀으나

태연하였다

어린 소녀는 어버이의 생일이라고

십 전짜리 두 개를 보였다.

# 아름다운 삶을 위하여

어떻게 사는 것이 아름답게 사는 삶일까? 매우 어려운 질문이다. 이 세상 모든 생명 가진 존재들은 죽음을 두려워하고 삶을 지향한다. 그것은 일종의 본능적 욕구이다. 생명 가운데도 고등생물인 인간은 삶 가운데도 좋은 삶을 꿈꾼다. 이렇게 우리들 인간의 삶을 두고 내 나름대로 생각해 볼 때 좋은 삶에는 세 단계가 있을 수 있겠다.

첫째는 잘사는 삶이다. 이것은 보통 사람들이 흔히 꿈꾸는 좋은 삶이다. 복이 있는 삶이라고도 하고 풍요한 삶이라고도 할 것이다. 사람들은 이런 삶을 위해서 돈과 물질과 직장과 권력이 필요하다고 생각한다. 우리가 어려서부터 가정에서 양육되고 교육받으면서 또 학교 다니며 공부하는 목적의 대부분은 이쯤에 있다 하겠다. 취업이나 사업, 출세라든지 치부, 권력이나 사회적 지위 같은 것들이 대개 이 단계의 삶에서 요구되는 항목들이다.

그다음은 행복한 삶이다. 앞의 삶이 주로 눈에 보이는 현실적인 조건에 의해서 좌우된다고 하면 이 단계의 삶은 눈에 보이지 않는 것에 의해서 좌우되고 판단된다. 마음이 그것이다. 그 단적인 예가 행복지수다. 불교에서도 일체유심조─切唯心造란 좋은 말씀이 있지만 행복과 불행이 마음에 달렸다는 것이다. 아무리 많은 재화가 있고 아무리 강력한 권력이 있다 해도 마음으로 그렇다고 인정되지 않으면 만사가 허사라는 것이다. 자기 만족도가 자장 중요하겠다.

　최소한의 우리 행복을 보장받기 위해서는 물질과 사람과 문화가 있어야 한다. 그 세 가지 요소가 고르게 충족되어야 한다. 그렇다. 인간이 행복하게 살아가려면 물질이 필요하고 이웃이 필요하고 문화가 있어야 한다. 나의 시 「행복」에는 '집'과 '사람'과 '노래'가 행복의 기본 조건으로 나온다. 여기서 집은 의식주나 물질의 최소 단위로서의 집이고, 사람은 가족과 이웃 가운데에서 가장 절실하게 필요한 인간이며 노래는 문화적 의미나 활동을 말한다.

　나라고 해서 처음부터 이러한 행복의 항목들을 알았던 건 아니다. 살다 보니까 알았고 나이 들었으니까 알았고 많은 어려움을 겪은 나머지 알게 된 것이다. 나름대로 깊은 생각을 오래 해 본 결과로서의 한 보고서 같은 것이다. 실로 모든 생명체의 삶의 목표는 행복해지는 데에 있다.

　그렇다면 행복이란 무엇인가? 행복은 또 어디에 있는가? 누가 가져다주는 것인가? 누군가가 행복을 찾아 지구 끝까지 떠돈다 해도 행복은 찾을 수 없을 것이다. 일찍이 톨스토이 같은 사람은 이 세상에서 가장 소중한 것 세 가지를 이렇게 말한 바 있다. 첫째가 '지금, 여기'. 둘째가 '옆에 있는 사람'. 셋째는 '그 사람에게 잘해 주는 것.'

그렇다. 행복이란 멀리에 있는 것이 아니다. 이미 우리 집 안에 있었고, 내 안에 있었고, 내 가까운 사람들 사이에 있었고, 이미 있던 것들 속에 또 있었다. 숨어 있는 그 무엇이다. 그것을 우리는 '일상성의 소중함'이라고 표현하기도 한다. 정말로 행복이란 가까운 곳에 있고, 작은 것 속에 있고, 오래된 것 속에 있기 마련이다.

이렇게 작은 것, 오래된 것, 가까운 것, 버려진 것, 반복되는 것들을 아끼고 함부로 하지 않는 마음을 때로는 '가난한 마음'이라고도 말한다. 우리는 이 '가난한 마음'을 되찾아야 한다. 마땅히 가난한 마음을 회복해야 한다. 그것이 바로 행복을 되찾는 가장 빠르고 정확한 지름길이다.

그다음, 가장 좋은 삶은 아름다운 삶이다. 아름다움이란 인간이 가진 가치인 진선미성眞善美聖 가운데 가장 주관적인 가치이다. "제 눈에 안경" 이란 말이 있듯이 미의 가치는 보는 사람의 상황개인, 시대, 취향, 환경에 따라 얼마든지 그 척도가 달라질 수 있는 가치이다. 변화무쌍한 가치이며 지극히 인간적인 가치이다.

그러므로 미의 가치는 홀로 존재하지 않는다. 보는 사람, 더불어 있는 사람, 즉 타인과 함께 존재하는 가치이다. 자기 혼자서 아무리 아름답다 우겨도 남들이 인정해 주지 않으면 아름다움이 되지 않는다. 그것은 상호 교차하는 가치이기 때문이다. 아름답다는 건 내 눈에만 그렇다는 것이 아니라 타인의 눈에도 그렇다는 것이다. 그러니까 타인과의 관계 설정 안에서만 성립되는 것이 미의 가치란 얘기다.

아름다운 삶도 마찬가지다. 다른 사람들 눈에 비쳐진 나의 삶이 아름다워야 아름다운 삶인 것이다. 다른 사람들이 인정해 주어야만 나의 삶이 아름다울 수 있다는 이야기다. 남들이 보았을 때 좋게 보이는 삶이 바로 아름다운 삶이다. 그것은 명성이나 인기도 그렇고 선행이나 윤리, 도덕도 마찬가지다. 심지어는 사랑까지도 타인과의 관계성 속에서만 제대로 싹 트고 성장하고 또 완성된다. 시인조차도 타인이 그 사람은 정말로 시인이라고 시인是認(인정)해 주었을 때만이 비로소 시인이 된다는 말이 있다.

그러면 여기서 우리는 우리들의 행복한 삶, 아름다운 삶을 위하여 몇 가지 생각을 해 보고 책략을 세워 보아야 한다. 우선 자기 자신에 대한 탐구의 필요성이다. 내가 꿈꾸는 나의 삶은 어떤 삶인가? 나의 소망은 무엇인가? 정확하게 알아야 한다.

인간의 소망은 이중구조로 되어 있다. 겉의 구조는 내가 인식하는 나의 소망, 즉 내가 알고 있는 나의 소망이다. 주로 이 소망은 현실적인 소망이 많다. 취직, 결혼, 자녀 출산, 육아, 교육, 주택 구입, 승진과 같은 구체적인 항목들이 여기에 해당한다. 보통 사람들은 이 소망을 위해 노력하며 산다. 그것이 일반적인 현상이다.

그러나 우리가 흔히 알지 못하는 소망이 있다. 그것은 현실적인 소망, 인식의 소망 그 안쪽에 깊숙이 숨어 있는 또 다른 소망이다. 나 자신도 쉽게 인식하지 못하는 소망이고 숨어 있는 꿈이다. 자아실현의 욕구 그것이다. 실은 이 소망이 보다 중요한 소망이고 뿌리 깊은 소망이고 힘이 강한 소망이다. 내가 정말로 되고 싶은 나의 모습은 어떤 모습인가? 애당초 나의 꿈은 무엇이었던가?

그것은 주로 우리가 어렸을 때 내가 되고 싶은 나의 모습이고 내가 살고 싶었던 나의 삶 속에 그 원본이 들어 있기 십상이다. 우리는 그것을 일깨워야 한다. 그리고는 그것을 성취하기 위해서 일찍부터 시간을 투자해야 한다. 그것이 진정 내가 나답게 사는 길이며 내가 행복하고 아름답게 사는 기본적인 노력이다.

나는 생각해 본다. 어떤 삶이 진정 후회 없는 삶이고 좋은 삶인가? 첫째는 자기가 하고 싶은 일을 하면서 사는 삶이어야 한다. 그러나 그 삶은 타인에게 피해를 주지 않아야 하고 비난받지 않아야 한다. 그런 다음, 타인들로부터 부러움의 대상이거나 상찬의 대상이 된다면 그 삶은 더없이 좋은 삶, 최상의 삶이 될 것이다.

얼마 전 나는 놀라운 한 가지 체험을 했다. 그것은 근심이나 걱정이 인간을 병들게 한다는 사실이다. 애당초는 사소한 생각이거나 불만이었는데 그걸 계속 마음속에 담고 살았더니 잠이 잘 오지 않는 밤이 계속되었다. 그러더니 더럭 위장병이 생겨 버린 것이다. 마음의 병이 육신의 병을 불러온 것이다.

근심과 걱정은 마이너 감정이긴 하지만 슬픔이나 절망에 비해 그 대상이 불분명할 때가 많고 그런 만큼 해결 방안이 쉽지 않은 것이 특징이다. 걱정에 비하여 근심은 더욱 실체가 없을 때가 많다. 하늘에서 내리는 비에 비유한다면 그것은 이슬비 같은 것이고 차라리 는개와 같은 것이라 하겠다. "이슬비에 옷 젖는 줄 모른다."라는 말이 있다. 근심이나 걱정은 이슬비처럼 자신도 모르게 인간을 시들게 하는 무서운 마음의 적이다.

그러므로 우리는 근심, 걱정을 버릴 필요가 있다. 하기는 근심, 걱정을 많이 하지 말아야 한다는 것쯤은 누구나 아는 상식에 속한다. 그러나 그것이 잘 되지 않는 것이 인간의 한계요 그럼에도 불구하고 근심, 걱정하게 만드는 것이 신이 파 놓은 함정이다. 마땅히 마음을 바꾸어야 한다. '인생은 고행이다.'라고 생각하는 사람이 있다면 거기서 글자 하나만 바꾸기를 권한다. '인생은 여행이다.'라고.

이쯤에서 우리는 100여 년 전 미국 사람인 헨리 데이비드 소로의 충고에 귀기울여 보는 것도 좋을 것이다.

사람들이 수레와 헛간 밑으로 피할 때 그대는 구름 밑으로 피하라. 밥벌이를 그대의 직업으로 삼지 말고 도락으로 삼으라. 대지를 즐기되 소유하려 들지 말라.

- 헨리 데이비드 소로, 『월든』 중에서

# 길

김기림

　나의 소년 시절은 은빛 바다가 엿보이는 그 긴 언덕길을 어머니의 상여와 함께 꼬부라져 돌아갔다.

　내 첫사랑도 그 길 위에서 조약돌처럼 집었다가 조약돌처럼 잃어버렸다.

　그래서 나는 푸른 하늘빛에 호져 때없이 그 길을 넘어 강가로 내려갔다가도 노을에 함북 젖어서 돌아오곤 했다.

　그 강가에는 봄이, 여름이, 가을이, 겨울이 나의 나이와 함께 여러 번 댕겨갔다. 가마귀도 날아가고 두루미도 떠나간 다음에는 모래둔과 그리고 어두운 내 마음이 남아서 몸서리쳤다. 그런 날은 항용 감기를 만나서 돌아와 앓았다.

할아버지도 언제 난 지를 모른다는 마을 밖 그 늙은 버드나무 밑에서 나는 지금도 돌아오지 않는 어머니, 돌아오지 않는 계집애, 돌아오지 않는 이야기가 돌아올 것만 같아 멍하니 기다려 본다. 그러면 어느새 어둠이 기어와서 내 뺨의 얼룩을 씻어준다.

*

이 글은 시로 볼 것인가, 수필로 볼 것인가, 많이 망설여지는 작품이다. 작가에 의해 처음 발표된 것은 1936년 3월호 「조광」이란 문학잡지. 당시엔 수필로 발표되었다고 한다. 그래서 시인의 어떤 시집에도 실리지 않았다. 그런데 후세 사람들이 이 작품을 꺼내어 시로 이름 붙여 읽고 있다. 작가의 뜻과는 다른 결과이지만 나 또한 시로 보고 이 작품을 이 자리에 싣는다.

# 사람의 꽃

봄이 와 흐드러지게 꽃을 피운 나무들을 본다. 어떤 나무들은 벌써 꽃잎을 떨구기도 한다. 그러나 한 송이도 꽃을 피우지 못한 나무를 또 본다. 달랑 몇 송이만 꽃을 피운 가난한 나무들을 본다. 그러한 꽃나무가 나 자신이라고 여겨질 때 조금은 쓸쓸할 것이다. 부끄러운 생각이 들지도 모른다.

그러나 젊은 시인아! 사람의 꽃은 자연의 꽃과는 많이 다르다. 자연의 꽃은 한 봄에 모든 꽃들을 피워 버려야 하지만 사람의 꽃은 평생을 두고 피우는 꽃이다. 더구나 젊은 시절에 피우는 꽃은 드물다. 피웠다 해도 많이 서툰 꽃이다.

제가 가진 꽃들을 차례대로 천천히 서둘지 말고 피울 일이다. 오늘 피우지 못한 꽃이 있다면 내일 피우면 된다. 그것을 안타까워하거나 섭섭하게 생각할 일은 없다. 의외로 인생은 따분하고 지루하고 길다. 계속해서 꽃을 피우는 한 사람은 나이가 들어도 젊은이이고 그의 계절은 봄이다.

젊은 시인아! 겨우 한 송이나 두 송이 꽃을 피웠다 치자. 초라한 생각이 들겠는가? 속상하고 다른 이들 보기 부끄러운가? 그래도 괜찮다. 그것이 정말로 그대의 꽃이다. 정말로 예쁘고도 솔직하고 당당한 나의 꽃이다. 남들이 피운 커다란 꽃, 많은 꽃들을 부러워하거나 흘깃거릴 까닭은 없다.

그 꽃은 그 사람의 꽃일 뿐, 내가 오늘 피운 한두 송이의 꽃이 정말로 나의 꽃이요 나를 데리고 가는 나의 등불이다. 그 등불을 들고 고요히 앞으로 나아가라. 그것이 좋은 그대의 인생이고 자랑스런 누군가의 사랑이다.

젊은 시인아! 아니, 예슬아! 이제는 망설이지 말고 두려움 없이 가라. 너의 시를 찾아서, 너의 참된 인생을 찾아서 가라. 너의 시는 너의 삶 하루하루에서 찾을 수 있음을 알리라. 슬아! 네가 진정 꿈꾸는 머나먼 나라를 찾아서 떠나라. 내 곁을 떠나는 너에게 이 책을 선물로 주고 싶다.

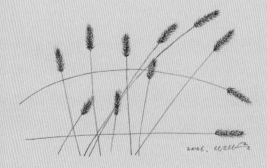

2006. 박연숙

덧붙여서

# 좋은 말이 아이들을 키운다

이호(영암 심호중학교 교사)

　설렘으로 부임한 학교, 아이들이 아프게 한다. 아이들이 거칠다. 선배가 후배를 쥐 잡듯이 하고 동료들끼리 패거리 짓고 욕하며 싸우고, 좁은 교실과 복도는 아이들의 고성과 괴성으로 난장판이다. 선생님이 말로 타일러도 듣지 않는다. 아니, 오히려 눈 부라리며 대든다. 어쩌다 복도에서 마주친 아이가 공손히 인사를 하자, 놀라며 맞이하려 하는데, 그냥 지나쳐 버린다. 내 등 뒤에 하늘 같은 선배님을 보고 깍듯하게 한 인사였던 것이다. 선배님의 고함과 욕설에 숨죽이는 아이들도 선생님에게는 마구잡이로 대든다. 자기들끼리 하는 욕설을 선생님에게도 하면서 말이다.

　'내가 부적응 교사인가? 이 지역이 특별한가? 아이들이 별난 건가? 이럴 수는 없다.'

　착잡한 심정으로 '학교폭력 예방 교육' 연수를 가는 길에 우연히 켠 라디오에서 "자세히 보아야 예쁘다. 오래 보아야 사랑스럽다. 너도 그렇다."라고 나태주 님의 시 「풀꽃」이 낭송된다. 처음 들은 시인데 마치 예전부터 알았던 것처럼 쉽게 읊조려지고 시어가 자꾸 튀어나오려 한다. 그래, '너도 그렇다'. 하나하나 아이들의 얼굴을 떠올려 본다. 모두가 소중하고 귀한 아이들이다.

연수를 마치고 오는 길에 습관처럼 켠 라디오에서 또다시 "자세히 보아야 예쁘다" 하면서 진행자가 「풀꽃」 시를 인용한다. 그리고 퇴근길에 세 번째로 "오래 보아야 사랑스럽다" 라고 흘러나오는 라디오 멘트를 들으니 참, 이상도 하다. 한나절에 세 번씩이나……

'그래, 우리 아이들이로구나! 라디오와 내 마음속에서 살아 튀어나오는 시어에 아이들이 겹치며 마음이 차분해진다. 다시 힘을 내어 다가가자. 어찌 이 지역만 특별하겠는가? 어찌 이 아이들만 별나겠는가? 내가 부적응 교사라고? 말도 안 돼.'

이튿날 수업 시간에 칠판에 「풀꽃」을 소개하고 함께 낭송하며 시에 대한 각자의 느낌을 묻고 이야기하는 동안 아이들 하나하나가 한 분 한 분으로 다가온다. 교실마다 돌아다니면서 「풀꽃」을 암송하고 '존재와 관계의 소중함'에 대한 생각도 나누고 "하늘 아래 내가 받은 가장 커다란 선물은 오늘입니다"라는 나태주 님의 시 「선물」도 암송하고, 「행복」, 「멀리서 빈다」, 「사랑에 답함」 등 아이들이 추천한 '나를 태워 주' 선생님의 시 여러 편을 암송하며 한 번도 본 적이 없는 시인과도 나름 친해진다.

초청 강연이 있던 날, 전교생이 강당에 모여 나태주 님의 「풀꽃」과 「선물」을 암송하는데 나태주 시인이 등장하시고 귀한 만남이 이루어진다. 아이들의 자부심이 대단하다. 서로 시새워 암송을 한다. 이제는 제법 좋은 말들이 아이들 입에서 튀어나온다. 욕 대신에.

학교 행사 '으뜸겨루기'에서도 시 십여 편을 거뜬히 암송하고, 어울림 행사 때는 배경음악에 시 낭송도 멋들어지게 하고, 축제 때는 시화전도 하는 등 학교가 온통 「풀꽃」의 의미로 채색된 느낌이다. 그리고 분노 조절이 안 되는 부적응 아이들에게도 긍정적 지도 방법으로 아름다운 시 암송을 권유하는데 눈을 마주보며 낭송하고 암송하는 아이들의 모습이 참 곱기도 하다.

"선생님, 요즘 우리 아이들 입에서 욕이 사라졌어요."

천사표 정승희 선생님의 흥분된 목소리다.

말은 생각을 담는 그릇이고 그가 한 말로써 그의 인품을 엿볼 수 있어 말을 '존재의 집'이라고 하던가! 아이들이 늘 '행복하다', '고맙다', '아름답다'고 밝게 말하면서 자라나기를 기대해 본다. 오늘도 교문에서 등교 맞이를 하는데 도움반 아이 대영이가 웃으며 다가온다.

"선생님, 해 볼까요?"

"그려."

"자세히 보아야 예쁘다. 오래 보아야 사랑스럽다. 너도 그렇다."

얼큰하게 한 수 읊고 뛰어 들어간다.

"그놈, 신나는 가락에 눈빛 한번 맑구나!"

# 좋아하는 시인에게

이유진(공주여자중학교 3학년 학생)

안녕하세요? 저는 공주여자중학교에 다니고 있는 학생 이유진이라고 합니다. 제가 이 편지를 쓰게 된 계기는 예전에 방영했던 유명한 드라마 〈학교 2013〉에서 나태주 시인께서 쓰신 「풀꽃」이라는 시를 내보냈는데, 그때까지만 해도 시의 'ㅅ'자도 모르고 관심도 없었던 저는 처음으로 시가 가슴에 와 닿는다는 말을 이해할 수 있었습니다.

꽤 오래전 일이지만 시를 제대로 들어 본 것은 처음이었던 저는 그때의 기억을 되살려 지금에서야 시를 찾아보게 되었습니다. 그러다가 알게 된 나태주 시인님과 여러 시들, 시집들. 시를 접한다는 것이 참으로 마음이 편안해지고 안정을 찾을 수 있는 좋은 매체라는 것을 알게 되었습니다.

따뜻하고 감성적인 시들. 그중 시인님의 「별리」라는 시가 맘에 들었는데, 겪지 않아도 마음에 와 닿는 한 글자, 한 글자들이 매우 감명 깊고 아련하다는 느낌을 받았습니다. 새삼 시인이라는 직업이 매우 어려운 직업이라고 다시 느낄 수 있는 계기가 되었습니다.

아침에도 너를 생각하고
저녁에도 너를 생각하고
한낮에도 너를 생각한다


보이는 것마다 너의 모습
들리는 것마다 너의 목소리


너, 지금
어디 있느냐?

– 나태주, 「혼자 있는 날」 전문


「혼자 있는 날」이라는 시도 마찬가지로 매우 뜻깊게 감상하였는데, 이 시를 처음 두 눈으로 보았을 때, 마치 제가 시의 주인공이 된 듯했습니다. 겪지 않은 일들이 겪은 일같이 주마등처럼 장면으로 스쳐 지나가 마음이 쿡, 쿡, 아려 왔습니다.

　시로도 이런 기분을 공유할 수 있다는 것이 신기하고 좋았습니다. 저는 시를 읽을 때 햇빛이 사근사근 비추고 꽃잎이 휘날리는 상상을 하며 읽게 되는데, 시인님의 시들이 전부 그 장면과 어울리는 것 같아 더 감정 전달이 쉬웠던 것 같습니다. 저런 상상을 하는 것도 시인님의 시에 대한 영향이 큰 것 같아요.

시인님의 시는 마음의 치료제 같다고 해야 할까요. 위로받는 느낌을 넘어 마음을 치유해 주는 따뜻한 마음의 치료제. 그래서 앞으로도 많은 치료제들을 손수 지어 주셨으면 합니다. 이런 점에서 나태주 시인님을 존경하며 항상 응원합니다.

앞으로도 더 많은 시를 접해 보고 싶어요. 시인님의 시를 많이 읽으면서 시 속의 사람이 되고 싶습니다. 따뜻한 시를 많이 써 주셔서 감사합니다. 평안하시고 행복하세요, 시인님. 2014년 10월 14일.

– 공주여자중학교 신문 「예지림」 2014. 12. 26

# 어린 시인에게

나태주

너를 사랑한다
너를 사랑함으로
네가 나보다 더 사랑하는 곳으로
홀로 떠남을 허락한다

더욱 너를 사랑한다
더욱 너를 사랑함으로
네가 나보다 더 사랑하는 사람들과
더불어 살아감을 기뻐한다

한 가지 부탁은 나 없는 하늘
땅 위에서 살면서
가끔은 나도 기억해 달라는 것!

밤하늘을 우러를 때 거기
눈물 어린 별 하나 보이거든
아직도 너를 사랑하는
내 마음이거니 짐작해 다오.